SOUS LES STRATES

Lou Eve

SOUS LES STRATES

Roman

LES ESCALES
DOMAINE FRANÇAIS

92, avenue de France
75013 Paris – France
Courriel : contact@lesescales.fr

ISBN : 978-2-36569-776-7
Dépôt légal : août 2023
Imprimé en France

Couverture : Hina Hundt
Mise en pages : Nord Compo

« Tu es une mère, maman. Tu es également un monstre. Mais j'en suis un aussi – et c'est pour ça que je ne peux me détourner de toi. »

Ocean Vuong, *Un bref instant de splendeur*[1]

1. Traduction de Marguerite Capelle, © Éditions Gallimard, 2021.

Prélude

Linh effleure par vagues le visage cireux de Françoise depuis ce qui lui semble être des heures. Elle y pose la pulpe de son index pour parcourir son front ridé, ses joues froides recouvertes d'un duvet qui gratte un peu, sa bouche fine aux lèvres violemment plissées, puis elle enlève son doigt très vite comme si elle venait de toucher quelque chose d'interdit ou de dégoûtant, répétant le rituel à l'infini. Et à chaque fois que Linh ramène son doigt sur le visage de sa mère pour la toucher à nouveau, parfois en empruntant un autre chemin, c'est pour ne pas oublier que « ça y est, *Maman est morte* ». Ce jour-là, dans la grande chambre aux murs blafards, il n'y a plus rien, plus de télé qui grésille en fond, plus d'infirmières qui apportent leur plateau à la bouffe atroce, et même plus l'odeur du parfum Lancôme que Françoise a porté jusqu'à la fin, comme s'il s'était évaporé avec elle. Il n'y a plus que Linh et son doigt qui ne veut pas *oublier*.

Les lèvres plissées de Françoise lui rappellent à quel point elle pouvait pincer sa bouche quand elle était fâchée. Linh détestait son caractère de merde et sa façon de bouder comme une gamine quand quelque chose la contrariait. « Mais faut le dire clairement si un truc te fait chier ! » avait-elle hurlé tant de fois à sa mère depuis le haut des escaliers de la maison du Sud. Un jour, Françoise avait trouvé de l'herbe dans le placard de Linh et avait gardé les lèvres plissées plus d'une semaine ; et pendant sa maladie, elle ne les a plus vraiment desserrées parce qu'elle avait oublié comment être heureuse. Ça contraste avec ce qu'avait dit une fois le médecin : « Il arrive souvent que les malades d'Alzheimer régressent à l'état d'enfant et retrouvent donc une forme d'innocence. C'est parfois mieux comme ça. » Linh ne sait pas ce qui est le mieux : retourner à l'état d'enfant et oublier son propre prénom, ou conserver un semblant de dignité sans jamais pouvoir oublier que sa fin est proche.

« Jure-moi que quand je serai vieille, vous ne me mettrez pas à l'hospice avec ta sœur », avait un jour dit Françoise à sa fille quand celle-ci n'avait encore qu'une dizaine d'années. « Mais non maman, je te ferai jamais ça. » Linh honora sa promesse le plus longtemps possible grâce à l'aide d'une auxiliaire de vie, jusqu'à ce qu'une mèche entière de sa chevelure noire vire au blanc parce que sa mère malade et en pleine crise disparut plus de trois jours : elle fut alors forcée de rendre les armes. Le jour où elle a aménagé la chambre dans la maison de retraite, Françoise est restée prostrée près de la fenêtre qui donnait sur un arbre dénudé. Elle s'était dit que c'était à son tour d'abandonner sa mère aujourd'hui. C'était drôlement moche, Alzheimer, et Linh avait eu tout le temps de voir Françoise disparaître. Celle-ci n'avait cependant jamais oublié le prénom de sa fille, même à la toute fin. « C'est toi, Linh ? » demandait-elle à chaque fois que quelqu'un rentrait dans la grande chambre d'hôpital. Une fois, les yeux alourdis par un sommeil un peu délirant, Françoise avait murmuré :

— J'aurais voulu la revoir moi aussi.

— Qui ça, maman ?

— Minh, ton autre maman.

— Pour lui dire quoi ?

— Je sais pas... Pour qu'elle prenne soin de toi quand je serai plus là.

— Elle peut pas, elle est trop loin. Et puis je suis grande, je peux prendre soin de moi toute seule. Allez, bonne nuit maman.

Une autre fois, avant de s'endormir, Françoise avait dit à Linh : « Bonne nuit, *Ngoc Linh*. Rentre bien. » C'était la première fois en presque quarante ans qu'elle l'appelait comme ça, et ce soir-là, avant de rentrer avec la voiture qu'elle avait empruntée à sa sœur, Linh avait grillé une Vogue Pastel alors qu'elle ne fumait plus depuis des années déjà. Elle avait agité sa jambe droite frénétiquement sur le siège conducteur, comme quand elle voulait pleurer ou se donner une contenance, et en même temps elle n'avait pas pu s'empêcher de penser à cette Vogue qu'elle était en train de fumer et qui la faisait forcément passer pour une bourge. Elle avait déjà fumé ça devant sa famille vietnamienne à Hô Chi Minh ; normal qu'ils la prennent pour une blanche. En même temps, tirer sur ces cigarettes longilignes qui selon Linh sont faites soit pour des quinquagénaires fraîchement divorcées, soit pour les gens qui ne fument pas trop, lui avait donné l'envie brutale d'appeler Alma pour lui annoncer la nouvelle, ou peut-être pour seulement entendre sa voix. Elle se souvient s'être demandé : est-ce qu'Alma, son premier amour lesbien, fume encore des Vogue Pastel ? Est-ce qu'elle se sent toujours aussi *petite* pour ce monde que quand elle avait 22 ans ?

Linh est toujours en train de parcourir le visage de Françoise lorsque le premier pétale de la pivoine rose, qui trempe dans un vase posé sur la table de chevet, se détache de sa tige. « C'est ironique », pense-t-elle, tellement ironique que cette pivoine meure avec sa mère qui s'était échinée toute sa vie à en faire pousser en vain sous le soleil méditerranéen de son enfance. Rien ne poussait jamais correctement dans le sol rocailleux de sa maison ; petite et pendant longtemps, Linh rêvait d'une maison-témoin comme celle de ses copines, avec du beau gazon sur lequel on pourrait marcher pieds nus et un tuyau d'arrosage automatique. Au lieu de ça, son jardin était plein d'herbes folles, de vieux trucs que son père laissait traîner partout, et la plante de ses pieds devenait sale et terreuse si elle s'aventurait sur le sol sans chaussures. « On a fait quoi de mal pour que nos arbres meurent ? » avait-elle un jour demandé à Françoise. Où était passé l'abricotier qui donnait plein de fruits juteux, l'amandier où les rouges-gorges venaient se poser, et pourquoi c'était le prunier qui restait debout alors que Linh détestait ces petites boules jaunes trop acides de prime abord puis trop sucrées en arrière-goût ? Françoise ne savait pas lui répondre, elle aussi trouvait tragique ce mauvais sort qu'on avait jeté à leur terre, mais elle n'avait jamais abandonné l'idée d'y faire pousser des pivoines, ses fleurs préférées. Chaque année, elle plantait ses graines achetées dans des jardineries différentes, et chaque année, elle se désolait de ne pas les voir éclore. Plus tard, quand Linh vécut en Chine pour ses études, sa mère envisagea de venir lui rendre visite pour le festival des pivoines qui avait lieu au printemps. Outre les pivoines, Françoise faisait preuve d'une ténacité remarquable pour ce qui était d'essayer de faire pousser des choses par elle-même, et sa fille avait souvent pensé en secret qu'elle devait juste ne pas avoir la main verte, comme elle. Quand les médecins décidèrent de garder Françoise à l'hôpital tous les jours, Linh, qui n'aimait pourtant pas les fleurs coupées, fit en sorte que sa mère ait toujours une pivoine à côté d'elle.

Quand le premier pétale de la pivoine termine sa chute, il vient rappeler à Linh qu'il est temps de tout recommencer.

I

« Je suis une goutte
Assimilée dans un torrent
Dépassée par les événements
Et menée par les vents
Jusqu'en Occident »

Joohee Bourgain[1]

Linh, dans le Sud, années 2000

J'ai 8 ans quand je réalise que mon existence est vouée à se terminer *pour de vrai*. Ça sort de nulle part, mes petits coudes sont posés sur la grande table de la salle à manger et une sensation vertigineuse parcourt mon corps, comme si j'allais être engloutie par le sol. Je pose calmement ma fourchette à gauche de mon assiette encore pleine et j'éclate en sanglots, des sanglots de désespoir. « Maman, je veux pas mourir. » Françoise ne comprend pas ce que je raconte, je vois qu'elle est triste de me voir pleurer mais qu'elle ne sait pas quoi me répondre. Désarçonnée, elle prend ma main dans la sienne : « Pleure pas, Linh. Tout le monde meurt. C'est comme ça. Et quand t'es mort, tu sens plus rien. »

1. Extrait du poème « S'adopter s'adapter se dompter », *L'Adoption internationale. Mythes et réalités*, Éditions Anacaona, 2021.

C'est bien ça le problème, c'est ça qui me donne envie de hurler : c'est ce « plus rien », ce néant et ce vide qui me font perdre pied. Je me demande comment les gens qui m'entourent parviennent à se lever tous les jours malgré cette idée du *plus rien.*

Ce jour-là, dans mon lit une place que je garderai jusqu'à mes 23 ans, j'expérimente pour la première fois ce que mon psychiatre nommera plus tard *l'angoisse de mort* : une conscience aiguë de ma propre fin, la terreur épouvantable de ce que représente l'éternité, l'impression que les gens autour de moi sont tous des fous qui se mentent. « Pense à autre chose », me dis-je terrée dans mon lit, « pense à quelque chose d'heureux. » Dès mon plus jeune âge, sans même le savoir, j'apprends donc à me *divertir* au sens philosophique du terme pour ne pas me laisser envahir par l'idée de ma mort : je fais bien mes devoirs pour l'école, je pense à ce que je vais manger à la maison et je me demande si j'aurai ma propre maison un jour, mais il arrive que les pensées heureuses et les activités futiles ne suffisent pas, il arrive que cette sensation de vertige si particulière et si terrifiante m'engloutisse jusqu'à ce que je m'endorme d'épuisement.

Avant ce repas, je savais que les êtres vivants autour de moi mouraient. Je me souviens de maman sortant de la douche, les cheveux enroulés dans une grosse serviette, me dire les yeux embués de larmes : « Papi est mort, je dois partir dans les Vosges quelques jours. » J'avais la grippe et beaucoup de fièvre ce jour-là. Je me souviens aussi de Neige, la chatte toute blanche, qui était restée terrée plusieurs jours sous la terrasse là où papa entreposait les bûches en bois. Malgré tous nos efforts pour la mettre au chaud, Neige y retournait toujours, comme si c'était là qu'elle avait choisi de mourir, aux côtés de notre chienne Samba qui allait régulièrement se coucher à ses côtés parmi les bûches.

Ce jour-là à table, je découvre avec stupeur que je vais mourir, qu'on m'a menti sur tout, et que je me suis retrouvée *là* sans aucune raison. Je comprends que le néant d'après ma mort sera comme celui d'avant ma naissance, et que si la vie est belle, c'est surtout parce qu'elle doit se terminer un jour.

Françoise, au cimetière marin de Sète,
années 2000

Françoise jette des coups d'œil réguliers au rétroviseur central de la voiture. Elle voit Linh s'agiter dans tous les sens sur le siège arrière, comme si quelque chose lui démangeait tout le corps. « Maman, je veux pas y aller à ce cimetière. Y'a que des tombes là-bas, pourquoi on y va ? » Françoise a envie de soupirer mais elle se retient, c'est toujours la même histoire avec Linh quand on se rapproche d'un cimetière. Chaque été dans les Vosges, dès qu'il faut aller fleurir la tombe de son grand-père, Linh refuse de passer les grilles du cimetière et reste obstinément dans le grand Hyundai gris avec Samba. « Parce que c'est beau ! Tu vas voir, y'a la plus belle vue du monde depuis le cimetière marin. » Françoise adore cet endroit perché en haut de la ville de Sète, près du mont Saint-Clair qui domine tout l'étang de Thau.

Ça fait déjà quelques décennies que Françoise vit dans le Sud, et jamais elle ne s'est lassée de ces balades sur la corniche sétoise où les vagues viennent se fracasser contre les falaises. Il suffit de dépasser la criée où les bateaux chargés de poissons arrivent tous les jours, afin de se retrouver au milieu de toute cette beauté que Françoise a sûrement fantasmée dans tous les livres qu'elle a lus pour donner ses cours : Sète est une ville d'artistes et le restera toujours. Il n'est pas étonnant que certains d'entre eux soient enterrés au cimetière marin, car on ne pourrait rêver mieux comme dernière demeure. Elle adore déambuler au milieu des tombes de granit ; celles des personnes les plus illustres sont parfois recouvertes de petits galets que leurs admirateurs ont déposés pour leur rendre hommage. En été, il y a des jeunes femmes qui lisent sur des bancs au milieu des oliviers avec vue sur la mer pendant des heures : Françoise aime bien les regarder, puis monter tout en haut du mont Saint-Clair jusqu'à la fameuse croix. Son dos commence cependant à lui faire un peu mal, et elle s'essouffle plus vite qu'avant, c'est pour ça qu'aujourd'hui elle a pris la voiture jusqu'au cimetière.

L'agitation de Linh à l'arrière commence à lui taper sur les nerfs, d'autant plus qu'elle donne des petits coups de pied dans le siège conducteur. « Arrête voir un peu ! Tu commences à être pénible à jamais savoir profiter des belles choses. » La petite affiche un air renfrogné et se remet à sucer son pouce alors que Françoise s'est embêtée à lui acheter un vernis amer à la pharmacie afin de l'en empêcher, mais l'amertume du produit n'a pas l'air de la déranger. Une petite boule commence à se former sur son pouce gauche à force de le mordre avec ses dents de devant, et celles-ci s'avancent chaque jour un peu plus : « Suce pas ton pouce, lui dit Françoise, sinon dans quelques années tu vas devoir mettre un appareil. » Elle se dit aussitôt que sa remarque est inutile car Linh est une fois rentrée de l'école d'un air triomphant : « Moi je veux avoir un appareil et des lunettes ! »

Au moment d'arriver au cimetière, Linh retire brutalement son pouce de sa bouche pour lui raconter sa dernière lecture.

— Maman, hier j'ai lu un livre que j'ai emprunté à la bibliothèque. Je l'ai fini super vite.

— Ah bon, et ça parle de quoi ?

— Ça parle d'Olivier Bécaille qui a été enterré vivant. Il voyait tout ce qui se passait autour de lui mais il pouvait pas bouger.

Linh remet rapidement son pouce dans sa bouche puis reste silencieuse quelques instants. « Ma plus grande peur, c'est d'être enterrée vivante. Si je meurs avant toi et papa, je veux être incinérée, OK ? » Françoise a lu cette nouvelle de Zola, et en remarquant l'air terrifié de sa fille, elle se dit qu'elle est encore bien trop jeune pour lire des livres comme ça et avoir de telles pensées. Elle fera plus attention à son sac de livres à la bibliothèque, la prochaine fois. « D'accord, mais dans mes souvenirs, Olivier Bécaille réussit à sortir de sa tombe », répond Françoise. « Oui, mais après tout ça, *c'est comme s'il était mort* », dit Linh. Elle a la voix qui tremble.

***

Françoise court dans le cimetière depuis de longues minutes en criant le prénom de sa fille avec une voix aiguë, comme quand elle panique ou qu'elle est énervée. Elle court si vite qu'elle a un point de côté et commence à respirer avec difficulté. « Elle était juste derrière moi », se dit-elle en boucle, et les pires scénarios défilent déjà dans sa tête. Françoise imagine déjà les gros titres des journaux : « Une enfant de 11 ans disparaît au cimetière marin de Sète » ; elle repense au petit Grégory dont le corps a été retrouvé flottant sur la Vologne dans les Vosges, à la maison des Villemin pas très loin de son village natal, qui s'est retrouvée encerclée par des journalistes jour et nuit pendant des semaines, aux documentaires sur toutes les chaînes de télé qui racontaient tout et n'importe quoi.

Françoise se tenait devant la tombe de Paul Valéry et parlait de ses poèmes, quand elle s'était retournée et avait vu que Linh n'était plus là. Depuis, elle n'arrête pas de courir tout en alpaguant les passants : « Est-ce que vous avez vu une petite de 11 ans ? Les cheveux longs et noirs, asiatique. C'est ma fille, même si on ne dirait pas. » Les gens commencent à rester avec elle afin de l'aider à trouver Linh, et certains parlent même d'appeler la police.

« Je crois que je l'ai trouvée ! » crie une trentenaire au bout d'une allée gravillonnée. Françoise court de plus belle dans sa direction, jusqu'à un caveau familial devant lequel se tient la grande brune avec un bébé dans les bras. Linh est assise en tailleur dans le caveau, adossée contre la tombe en granit, l'air impassible. « Je voulais voir ce que ça faisait », dit-elle à sa mère. Sans réfléchir, Françoise l'attrape violemment par le bras et la gifle, laissant une marque rouge sur la joue droite de Linh. Ce fut la dernière fois qu'elle l'emmena avec elle au cimetière marin de Sète.

Minh, Hô Chi Minh-Ville, décembre 1995

Il est 10 heures du matin et Minh, recroquevillée en position fœtale, a la joue gauche plaquée sur le sol de la pièce principale et compte dans sa tête : « Trente, trente et un, trente-deux, trente-trois... » Elle se dit que son mari est drôlement en forme ce matin : la semaine dernière, il s'arrêtait en général après une dizaine de coups de pied, mais là il faut dire qu'il a bu du mauvais whisky toute la nuit. Il paraît que l'alcool désinhibe.

Avant, Minh pleurait quand ça arrivait. Une fois, elle avait couru chez la vieille voisine, la cuisse brûlée par la soupe encore bouillante qu'il lui avait jetée dessus. Lan avait fait couler de l'eau tiède sur la peau abîmée de Minh en répétant d'une voix excédée que les hommes étaient tous des fous, et avait recouvert sa blessure avec un linge propre.

« La plupart des gens n'y connaissent rien, il ne faut jamais mettre de pommade sur une brûlure », avait soupiré la vieille Lan. Ce jour-là, assise sur la chaise pliante, la jambe étendue et recouverte du tissu blanc, Minh avait lâché : « Je veux qu'il arrête. » La voisine n'avait pas répondu tout de suite. Elle s'était relevée, avait remis son chignon en ordre, puis avait commencé à laver le riz en silence. Une fois celui-ci débarrassé de sa poussière et de son excès d'amidon, Lan avait dit à Minh : « Il faut que tu tiennes pour tes deux gosses. » Celle-ci, mécaniquement, avait hoché la tête, et depuis ce jour elle ne pleure plus. Elle n'avait pas pleuré quand Sang l'avait étranglée jusqu'à l'évanouissement, elle n'avait pas lâché un cri quand il lui avait explosé la tête contre la porte parce qu'elle lui avait ri au nez en disant : « Dire que ton prénom veut dire “distingué” dans notre langue ! »

Minh n'avait toujours pas pleuré à la découverte de sa troisième grossesse. Ce jour-là encore, elle avait couru chez Lan pour lui dire : « Je veux que tu m'aides à avorter. » La vieille s'était levée d'un bond de son tabouret, les yeux écarquillés, et l'avait violemment secouée par les épaules : « Ressaisis-toi, bordel ! On ne fait pas ça ici. » Minh avait hoché la tête de nouveau et était rentrée chez elle, un peu hagarde. Une fois revenue dans la pièce principale, elle s'était jetée de toutes ses forces contre le mur en béton à maintes reprises, son abdomen en premier, jusqu'à se rendre compte qu'elle pleurait, quand soudain elle avait senti ses deux gosses lui attraper les jambes avec leurs petits bras. « Maman, s'il te plaît, arrête », avait sangloté sa plus grande fille. « Tu nous fais peur, arrête. » Son fils, l'air terrifié, n'avait rien dit, et s'était contenté de s'accrocher à sa cuisse droite comme on s'accrocherait à une bouée de sauvetage.

Même si Minh ne pleure plus depuis longtemps déjà, ses yeux aux contours ridés disent tout de sa condition.

Quand elle rentre éreintée de l'usine de textile où elle travaille et que ses enfants chahutent dans la maison, elle n'arrive pas à prendre en compte leur existence. Parfois, elle veut qu'ils disparaissent, et elle aussi a envie de disparaître quand ces pensées traversent son esprit engourdi par la violence. « Pourquoi tu joues pas avec nous, maman ? Maman, t'es triste ? » crient les gosses en tournoyant autour d'elle.

Minh se dit toujours que la tristesse et la violence sont des virus qui se transmettent l'air de rien. Pas plus tard qu'il y a un mois, la vieille Lan avait tambouriné à sa porte. En ouvrant, elle était tombée nez à nez avec le visage rubicond de sa voisine ; celle-ci tenait son fils par le col de son tee-shirt tout sali par la boue. Il pleurait pendant que Lan hurlait sans interruption que le petit avait frappé son propre petit-fils pour une histoire de bonbons : « Tu te rends compte, hurlait-elle, il lui a donné je ne sais pas combien de coups de pied, j'ai cru ne pas pouvoir l'arrêter. » Sans rien dire, Minh avait tiré le petit garçon par le col et avait fermé la porte au nez de Lan. Elle avait plongé son nez dans les cheveux emmêlés du gosse et les avait sentis avec force tout en l'étreignant d'une façon étrange et éperdue. Elle lui avait chuchoté à l'oreille tout doucement, comme les enfants qui confient à leurs copains un secret dans la cour de l'école : « Tu ne seras pas *comme lui.* »

Ce matin de décembre 1995, sous les coups de pied de Sang, Minh a envie de pleurer, mais elle sait qu'elle doit tenir pour ses deux gosses et son futur bébé dont elle accouchera dans trois mois.

Françoise, à l'hôpital de Montpellier, 1990

Françoise est dans le coaltar : le réveil de l'anesthésie générale, même si celle-ci n'a duré qu'une vingtaine de minutes, est le pire dans le processus des fécondations *in vitro* qu'elle commence à connaître. À chaque fois qu'elle émerge en salle de réveil, elle a l'impression qu'on la tire du néant de la façon la plus brutale possible, à savoir à coups de néons blafards et de gémissements de douleur qui s'élèvent des lits qui l'entourent. C'est comme si Françoise se réveillait d'une mort ayant duré vingt minutes.

La lumière et les bruits ambiants de la salle de réveil lui rappellent toujours sa nuit à l'hôpital, le soir du réveillon de 1981, où son utérus a expulsé ce qu'il avait en lui par des litres de sang. *Comment son corps a-t-il pu le rejeter avec autant de violence ?*

Françoise est sur la voie de la résignation, elle se dit qu'il ne doit pas être prêt à accueillir une autre forme de vie que la sienne. Quand elle imagine son système reproductif, elle visualise un espace vide, hostile, aride, comme les paysages désolés des films dans un monde postapocalyptique. C'est déjà la troisième fois qu'elle se retrouve dans cette salle de réveil, toujours pour la même raison, et le processus se solde toujours par un échec. Rien ne semble marcher pour Françoise – les médicaments hormonaux pour stimuler les ovaires, le strict respect des étapes de la FIV –, son utérus reste désespérément vide. Apparemment, c'est bien elle le problème, et pas les spermatozoïdes de Christophe. Cette pensée la met en rage, parce que l'étiquette *stérile* commence lentement à lui être accolée par le corps médical et par la société, et qu'elle les conforte dans l'idée qu'elle est faible. Elle confirme à Françoise l'idée que les femmes seront toujours celles qui seront blâmées dans tous les cas : quand elle disait adolescente qu'elle n'aurait pas d'enfant (mais jamais devant ses parents), elle supportait les regards effarés et désapprobateurs de ses amies qui connaissaient déjà les prénoms que porteraient leurs progénitures. Aujourd'hui, elle désire un enfant plus que tout mais elle est incapable d'en avoir, et cette réalité suffit à la désigner comme une indésirable.

Françoise a un peu plus de 40 ans et ses amies ont déjà des enfants qui vont à l'école primaire. Cette vision-là, ainsi que celle de leurs vies de mères, la fait se sentir comme une paria. Elle n'a « que » sa propre vie à gérer, et elle trouve ça bizarre, anormal même, pourtant Françoise aime aussi cette vie-là. Elle voit cependant que le temps passe et elle ressent ce besoin de transmission ; en même temps elle a l'impression de trahir la jeune fille révoltée et indépendante qu'elle était en 68, celle qui ne pensait qu'à partir.

En salle de réveil après chaque ponction folliculaire, Françoise se sent plus seule que jamais. Elle sait que Christophe l'attend en salle de convalescence, et qu'il lui tiendra la main pendant qu'elle sera dans les vapes. Mais sous les néons blafards incrustés dans le plafond blanc, elle sait qu'il n'y a qu'elle et son utérus, qui elle l'espère, ne sera bientôt plus vide.

***

Après la nuit de 1981, c'est la première fois que Françoise a eu peur que Christophe la quitte ; elle sait qu'elle n'a rien fait de mal mais elle ne peut pas s'empêcher d'imaginer qu'il partira. Au lieu de ça, il lui a tenu la main à chaque convalescence. Elle sait que c'est la moindre des choses et que l'inverse ferait de lui un homme indigne de son amour, mais son estime d'elle-même est si abîmée qu'elle en vient à douter de son droit à être accompagnée. Une fois, encore dans les vapes après la ponction folliculaire, Françoise lui a dit : « Je comprendrais que tu veuilles des enfants avec une autre. » Elle mentait complètement, elle ne comprendrait pas. Christophe lui a répondu que ça ne l'intéressait pas, une famille sans elle : c'était ce qu'elle voulait entendre.

L'autre fois, dans la voiture, ils ont entendu à la radio qui grésillait la voix d'une femme qui parlait de l'ouverture de procédures d'adoption à l'étranger, au Vietnam notamment. Christophe a dit : « Et si on adoptait un enfant là-bas ? » Françoise n'a pas su répondre. Adopter, elle ne l'avait jamais envisagé tellement il s'agissait de la dernière solution dans sa liste de possibilités. Ça lui semble bizarre, de prendre l'enfant d'une autre femme, mais si elle n'a pas le choix, devrait-elle l'envisager ?

Françoise ne connaît le Vietnam que par des bribes de ses cours d'histoire et les nouvelles internationales lues dans le journal, qui décrivent des situations chaotiques depuis qu'elle est en âge de comprendre le monde qui l'entoure. Elle a un souvenir précis de cette photo qui a tourné dans le monde entier, celle de la petite fille au napalm qui court, ivre de douleur. Sa connaissance de cette partie du monde s'arrête là. En ce moment, la France accueille des *boat people* par milliers, qui transitent dans des camps de réfugiés. Le gouvernement parle d'une communauté *disciplinée, autonome, travailleuse*, et semble prêt à les accueillir. Une partie de ces milliers de réfugiés afflue vers les États-Unis et le Canada, elle se dit qu'heureusement que la France a colonisé le pays, d'abord pour les infrastructures, mais aussi pour venir en aide à ces pauvres gens !

Linh, à l'école, années 2000

« Hé, la Chinetoque ! Retourne bouffer des nems ! » Je sais que quelque chose cloche quand ces adolescents blancs passent leurs têtes hilares et décoiffées par la fenêtre de leur Peugeot pour me crier ces mots au visage tandis que je marche en direction de l'école. Une chaleur intense me monte au visage et mes yeux deviennent humides, et des dizaines de réponses aimeraient sortir de sa bouche : « Je suis pas chinoise, et les Chinois mangent pas de nems », mais je ne peux rien dire. Je ne sais pas encore que ce que m'ont balancé ces ados est raciste. Ce que je sais cependant, c'est qu'à presque 10 ans, le sentiment rampant de la honte me colonise déjà, qu'il me fait baisser la tête et qu'il dessine une ligne distincte entre *moi et les autres.*

Dans ma classe de primaire, quand je regarde les enfants qui m'entourent, je ne vois que des visages qui ne sont pas comme le mien, et je comprends assez vite que c'est moi qui ne suis pas comme *eux* plutôt que l'inverse. C'est comme s'ils formaient un bloc uniforme et que je n'avais qu'à les observer en coin comme on observe une population étrangère ; tous les territoires sur lesquels je me trouve me semblent hostiles et inatteignables. Depuis que je vais à l'école, les instits disent toujours la même chose : « Linh est précoce, elle comprend vite, mais elle est *trop* réservée, *trop* observatrice, *trop* dans la retenue. » J'en fais soit trop, soit pas assez : « *Pas assez* téméraire, *pas assez* joyeuse, *pas assez* sociable. » On dirait que les adultes font exprès de ne pas comprendre que si je suis « réservée » et que j'ai du mal à parler aux enfants de mon âge, c'est parce que je dois me protéger d'eux, de leurs regards et de leurs mots qui me mettent à nu et me révèlent telle que je suis : pas comme les autres. Mon visage est différent du leur, ce n'est pas moi qui le dis, c'est eux.

***

C'est jour de carnaval à l'école et il faut se déguiser en quelque chose ou quelqu'un qu'on aime. Je porte un *ao dai* rouge en soie ainsi qu'un chapeau conique que ma mère m'a forcée à mettre pour l'occasion. Je me sens ridicule dans cet ensemble et je ne comprends pas pourquoi je le porte ; je n'ai pas vraiment l'impression de respecter la consigne car je ne crois pas qu'il soit un déguisement. Je connais des filles vietnamiennes qui en portent. Quand je me pointe dans la cour toute colorée par les costumes de princesses et de super-héros des autres gamins, tout le monde me regarde. Le sang afflue dans mes tempes, c'est celui de la honte qui submerge mon corps. J'ai d'un coup envie de hurler sur ma mère, j'ai l'air encore plus alien que d'habitude et on ne voit que ça.

Certaines de mes copines, déguisées avec des costumes *normaux* – ceux qui sont faits de froufrous de princesses aux cheveux blonds – perfectionnent leurs maquillages et leurs coiffures carnavalesques. Elles jouent à la coiffeuse dans la cour, et je regarde en coin d'un air ébahi leurs cheveux longs et plus clairs, souvent bouclés : je suis fâchée que les miens soient si raides et fins. Mon regard s'attarde longuement sur la peau blanche de leurs cous, et je contemple la forme de leurs grands yeux ornés de cils épais et recourbés. Je trouve fascinant qu'on puisse avoir une paupière mobile en plus d'une paupière fixe, et quand c'est mon tour d'être maquillée, mes copines éclatent de rire : « Toi, c'est impossible de te maquiller les yeux ! Ils sont trop *bizarres.* » En disant ce mot, elles se tirent les yeux avec leurs doigts. Ça le refait, j'ai de nouveau envie de répondre plein de choses, comme quand on m'a dit que j'étais une *Chinetoque,* mais les mots restent une fois de plus coincés dans ma gorge.

Une gamine blanche et blonde, d'une classe au-dessus de la mienne, s'approche : elle porte un kimono chatoyant orné de grosses fleurs roses, et des baguettes plantées dans un chignon tiré à quatre épingles. « T'as vu Linh, je me suis déguisée en toi ! »

***

Le soir même, débarrassée de mon *ao dai* et de mon chapeau conique, je me regarde dans le grand miroir de la salle de bains familiale. Je me rapproche très près de la glace, j'observe mes sourcils à la ligne broussailleuse et chaotique qui ont été renommés « les éclairs » par mon copain de classe Clément, je tourne légèrement ma tête sur la droite et je les fronce d'un air circonspect. Si je trouve mon nez un peu trop aplati et mon teint pas assez clair, je ne comprends pas pourquoi mes copines se sont tiré les yeux pour imiter les miens.

Dans la voiture après l'école, je demande à maman :

— Qu'est-ce qu'ils ont mes yeux ? Pourquoi mes copines ont dit qu'ils étaient bizarres ?

— Ils sont très beaux tes yeux, ils sont en amande. Nous on le voit même plus qu'ils sont différents.

Je me sens bizarre, je n'aime pas qu'on compare mes yeux à un truc qu'on mange, mais je suis rassurée que ma mère m'assure que je ne suis pas différente des autres.

Pendant mon inspection du soir, j'ai beau me scruter sous toutes les coutures, j'ai l'impression que mes yeux sont comme ceux de tout le monde, alors pour essayer de comprendre, je répète le même geste que celui de mes camarades à l'infini devant le miroir qui me renvoie l'image de quelqu'un que je ne reconnais pas. Est-ce que si je casse la plaque de verre en face de moi, ça suffira pour faire disparaître ce quelqu'un ?

Françoise, à la sortie de l'école, années 2000

Françoise regarde avec envie les décolletés lisses des autres mères de l'école : alignées le long du muret qui fait face à l'école, elles attendent toutes leurs progénitures pour rentrer chez elles. Elle soupire intérieurement en se disant que peu de pères sont présents, d'habitude c'est son mari qui va chercher les petites mais il a la grippe depuis une semaine. Hier, quand elle lui a apporté des compresses pour sa fièvre, elle l'a trouvé ridicule à geindre sur son lit comme si c'était la fin. « Quand ils sont malades, les hommes sont insupportables », pense Françoise.

En voyant autour d'elle toutes ces femmes s'agglutiner, elle se demande si elle est la seule féministe de l'assemblée. Elle repense souvent à mai 1968 et à sa tête qui ressemble un peu à celle de Françoise Hardy pendant ses heures fastes en une du journal du Thillot, son patelin vosgien, une qu'elle a soigneusement conservée dans une petite malle en cuir où elle entasse des *souvenirs*. Parfois, quand elle est nostalgique, elle ouvre cette malle et fait défiler les tickets de cinéma, les petits coquillages d'Étretat, les dés à coudre, les photos du chien dont la mort fut la raison pour laquelle elle vit son mari pleurer pour la première fois. Françoise se demande si elle est la seule de sa génération à entasser les souvenirs de la sorte, elle aime se fustiger en se rappelant qu'elle est restée coincée dans le passé. Mais quand elle voit Linh garder précieusement tous ses tickets des spectacles où elles se rendent ensemble et collectionner les améthystes dans des petites boîtes, elle ne peut que s'attendrir et se dit que même si elle ne l'a pas *faite* à proprement parler, Linh est bien la fille de sa mère : ça la rassure de trouver des signes qui prouvent sa maternité. Quand elle a montré cette une de mai 1968 à Linh, Françoise a déclaré d'une façon pompeuse que ce mois de mai était un mois de révolution.

— C'est quoi la révolution ? lui demande Linh.

— C'est quand le peuple se bat contre une autorité en place pour reprendre ce qui lui revient de droit. Un peu comme les gens pendant la prise de la Bastille, tu vois ?

— Et toi, tu te battais pour quels droits, à l'époque ?

L'innocence de la question l'a frappée de plein fouet : Françoise se rend compte qu'elle n'est plus capable de répondre précisément à Linh, comme si ses revendications de l'époque s'étaient effacées. Peut-être que si elle avait vécu ailleurs que dans les Vosges à ce moment-là, ça aurait été différent ; elle perçoit néanmoins les limites de son discours qu'elle souhaite être « de gauche », et cela la stupéfie. Françoise a pourtant toujours encouragé les initiatives progressistes qui ont jalonné sa vie et qui ont suivi mai 1968, elle aime bien relire *Les Années* d'Annie Ernaux qui dit que « 1968 est la première année du monde ». Comme tous les gauchos du Sud, Françoise et son mari se sont rendus sur la place de la Comédie à Montpellier pour la joncher de roses rouges quand Mitterrand a été élu. Elle se demande si elle est de gauche par défaut ; elle a parfois l'impression que l'extérieur du monde glisse sur elle et que quand elle se retourne sur sa vie d'avant, celle-ci n'est qu'un songe aux contours flous que ses deux enfants sont venues rendre un peu plus net. Elle pensait ne jamais rien oublier, mais elle voit bien que tout s'estompe. C'est comme si elle s'était juste retrouvée là sans trop savoir pourquoi et sans se souvenir des choix qu'elle a pu faire ou ne pas faire. « Un jour c'est sûr, Linh sera plus révoltée et plus féministe que moi », pense-t-elle.

Il n'empêche qu'en cette sortie d'école, Françoise a le sentiment d'être la seule « maman » réellement féministe, ce qui a un sens précis pour elle. Ce qu'elle veut transmettre à ses filles, c'est d'être indépendantes économiquement – ce qui induit de leur faire comprendre l'importance du travail – et d'être courageuses. Elle passe son temps à répéter à Linh, qui adore l'école, qu'elle doit continuer dans cette voie et ne jamais dépendre d'un homme. Elle a envie de hurler quand elle surprend d'une oreille les conversations des autres mères qui pourraient être ses filles, « Quitte-le, il t'aime seulement parce que tu lui appartiens », se dit-elle. Elle éprouve cependant une sensation désagréable dans le creux de son ventre, un mélange entre le mépris et l'envie. Françoise se rend bien compte en regardant les autres mères qui longent le muret de la différence d'âge qui les sépare ; elle pourrait être la grand-mère de Linh et a déjà été prise pour telle lors d'une réunion parents-profs. « Vous êtes la grand-mère de Linh, c'est ça ? » Une trentaine de paires d'yeux se sont braquées sur elle. Françoise ne rougit jamais, mais elle a senti ses joues devenir brûlantes. À ce moment-là, elle n'était plus une mère, ni une grand-mère, mais une petite fille honteuse qui voulait se cacher.

Toutes les mères qui attendent leurs enfants aujourd'hui ont 40 ans à tout casser, certaines parlent de changer de métier, de partir vivre à Paris pour que leur famille et les enfants profitent des musées, des spectacles et des théâtres, d'autres racontent leurs ébats avec leurs maris et font rire l'assemblée. Certaines des amies de Françoise sont déjà grands-mères ou ont des enfants qui vont à la fac, tandis qu'elle est plongée dans la pleine enfance de ses filles. Vieille, elle n'a pas l'impression de l'être, « Vous ne faites vraiment pas votre âge, c'est fou ! » lui dit-on souvent ; elle se sent plutôt sans âge. Ça n'empêche pas Françoise de repenser au jour où Linh est rentrée de l'école et lui a demandé pourquoi « papa et toi vous nous avez eues si tard ? ». Les copines de Linh s'amusaient à comparer les âges de leurs parents respectifs et s'étaient exclamées que les siens étaient super vieux et qu'ils mourraient quand elle serait encore jeune. À sa question, Françoise a répondu qu'il n'y a pas d'âge pour avoir un enfant, que l'important c'est l'amour et que c'est cet amour qui compte, mais la tristesse dans les yeux de Linh l'avait fait douter.

Linh, à la grande pagode de Montpellier, années 2000

Je tente désespérément de cacher le trou béant de ma chaussette gauche pendant que des moines bouddhistes vêtus de tuniques orange ânonnent leurs prières dans une langue qui m'est familière mais qu'à la fois je ne reconnais pas. Je ne sais pas pourquoi je suis là, mais je fais bonne figure en me tenant toute droite et en dissimulant le trou en question sous mes mains à plat sur l'objet de la honte ; mes parents ont l'air de trouver tout ça passionnant tandis que ma grande sœur Lila n'écoute rien et me regarde en bâillant et en pouffant de rire, comme d'habitude quand il s'agit d'être sérieuse. Moi je suis toujours sage, je fais toujours ce qu'on me dit parce que je me dis qu'on m'aimera plus si je suis parfaite. Si on me demande d'écouter et de me tenir droite, alors j'écoute et je me tiens droite. Que Lila n'arrive jamais à le faire m'énerve, même si j'ai parfois envie de pouffer avec elle, mais j'ai peur qu'on m'associe à ses bêtises. Ce matin, il y a mes autres copines adoptées elles aussi, et quelques Vietnamiennes de mon âge avec qui je danse. Afin de ne pas rire à mon tour, je tourne ostensiblement le dos à Lila et je me laisse aller aux prières des moines qui me bercent. Je me demande quel Dieu ils prient et ce qu'ils veulent ; moi, je ne crois en aucun Dieu et les églises catholiques me font peur. Je n'aime pas leur odeur de renfermé et de pierre humide, ni leur intérieur que je trouve mortifère, même si je reconnais qu'il est agréable de s'y réfugier en été pour la fraîcheur. Quand j'avais 3 ans, j'ai demandé à ma grand-mère paternelle vosgienne, très croyante, de m'emmener à la messe du dimanche avec Lila pour voir à quoi ça ressemblait. Je voulais voir, je me demandais ce qu'on y faisait. Au bout de cinq minutes, je me suis mise à pleurer et je l'ai suppliée de rentrer. Ma grand-mère, mortifiée, s'est exécutée mais m'a privée de sa tarte aux framboises du jardin en rentrant. Un peu plus de dix ans plus tard, juste avant de mourir et en pleine dégradation brutale de son état de santé, elle parlera des anges qui surplombent son lit.

Au moins, la grande pagode de Montpellier ne fait pas peur, elle est même plutôt jolie et l'encens que les moines brûlent en joignant leurs mains embaume son intérieur.

« C'est quand même long, une messe bouddhiste », me dis-je au bout d'une heure de somnolence, « surtout un dimanche matin. » Je regarde autour de moi, et je ne vois que des gens qui nous ressemblent à Lila et à moi. Ça me fait drôle de ne pas *compter* les gens qui sont comme moi dans une assemblée, pour une fois. Aujourd'hui les rôles s'inversent : ce sont mes parents et ceux de mes copines adoptées qui sont *les autres*, et je suis un peu gênée par leur présence que je juge intrusive sans savoir réellement pourquoi. Une bonne partie de la communauté vietnamienne de Montpellier est présente à cette grande cérémonie bouddhiste, et mes parents, en lien avec une association franco-vietnamienne, ont insisté pour que l'on y assiste avec Lila. De toute façon, on doit danser avec les autres filles à la fin de la messe, c'est quand même le but initial de l'association : « Renouer avec sa culture et sa langue, par des activités amusantes et ludiques », propose le petit prospectus plastifié qui la présente et qui trône sur le bureau de ma chambre. En réalité, je n'ai pour l'instant pas l'impression de renouer avec quoi que ce soit mais plutôt d'avoir des copines comme moi que je vois tous les dimanches, et ça me suffit amplement.

Les moines finissent par stopper leur litanie. Il est temps pour nous les filles d'aller nous changer dans le sous-sol avant la danse, et commence alors le traditionnel va-et-vient des rires et des chamailleries, quand les *ao dai* se ferment au niveau du cou et que les chignons se finalisent à coups de quelques épingles. Cô Loan (*cô* veut dire « tante » en vietnamien), celle qui nous fait danser, nous gronde, nous dit de nous presser et de ne pas oublier de sourire. On remonte les escaliers, la musique est lancée, les chapeaux coniques virevoltent et je ne pense plus à rien à part au son de cette langue qui chante, qui marque mes pas de danse et que je n'entends qu'une fois par semaine.

Pendant le repas végétarien qui suit la cérémonie, je serre dans mes doigts le petit Bouddha en jade que les moines viennent de nous offrir à moi ainsi que mes amies pour nous remercier de notre présence. Je le porterai des années en pendentif, et je triturerai le jade glacial de manière insensée à chaque instant de nervosité, jusqu'au jour où j'arrêterai de le porter parce que je trouve ça bizarre d'afficher un signe d'une religion qui n'est pas la mienne.

Minh, Hô Chi Minh-Ville, septembre 1995

Minh n'en peut plus des nausées matinales, de son ventre en couve, de son corps dévoré par ce fœtus. Elle voudrait qu'il disparaisse mais elle fait pourtant tout pour qu'il survive. Elle se souvient que ses deux premières grossesses s'étaient passées différemment ; sûrement parce que Sang n'était pas encore ce qu'il est aujourd'hui. Minh est désormais la seule à ramener de l'argent à la maison, son mari s'est fait virer de son dernier boulot parce que constamment saoul. Cet événement précipite la précarité qui la tient éveillée la nuit, tandis que ses deux enfants dorment blottis contre elle, le ventilateur de la pièce braqué sur leurs petits corps. Minh se calque sur leur respiration régulière et pense à leur dernier repas, elle s'inquiète qu'ils n'aient pas eu assez, et se dit qu'elle demandera à son patron si elle peut travailler plus tard à l'usine de textile.

Depuis que Minh est enceinte de son troisième bébé, elle a l'impression de ne plus s'appartenir. Elle n'en peut plus des litres de thé au jasmin que la vieille Lan lui apporte trois fois par jour et la font pisser à longueur de journée, et maudit tous les dieux auxquels elle ne croit pas d'avoir rendu son corps si incontrôlable. Minh a déjà eu sa dose, elle ne veut plus voir son ventre devenir un champ de bataille, être plongée dans cet état de torpeur permanente, sentir sa vessie lâcher et se traîner à l'usine.

Les coups de Sang se sont durcis depuis qu'il sait qu'elle est enceinte, et elle a parfois peur que son cœur lâche. Pourtant l'autre jour, pendant qu'elle faisait semblant de dormir sur le matelas de sol, il est venu se glisser contre elle avec son haleine alcoolisée afin de caresser son ventre. Minh s'était recroquevillée et avait serré ses poings, prête à subir la violence, mais rien ne s'était passé : Sang s'était endormi. Ils semblent s'être résignés tous les deux à attendre l'enfant, Minh n'est pas sûre de pouvoir parler d'un vrai choix.

Si elle ne croit pas réellement en des divinités, elle croit dur comme fer aux fantômes et à ceux de sa famille. Elle pense que les corps ne sont que des enveloppes charnelles contenant une présence, une âme, et toute une vie qui ne disparaît jamais. Ainsi, quand elle dépose les bâtonnets d'encens sur l'autel des ancêtres, qui honorent ses grands-parents défunts, Minh les implore de préserver de la violence le futur enfant qui grandit en elle. Dans ses prières les plus folles, elle leur demande de tout arranger, de faire abattre sur son foyer une pluie de chance, et parfois même que son mari meure d'une cirrhose ou d'un arrêt cardiaque afin qu'elle n'ait plus à le nourrir lui aussi. Quand ses demandes sont à ce point téméraires, elle croit voir surgir le fantôme rassurant de sa grand-mère derrière son épaule, se reflétant dans le vieux miroir qui surplombe l'autel, et son visage semble à la fois désapprobateur et compréhensif. Dans ses offrandes les plus désespérées, Minh glisse le meilleur durian parmi ceux qu'elle a achetés au marché, et elle le laisse sur l'autel jusqu'à ce que les mouches le dévorent comme des charognards boufferaient une carcasse.

Ce sont les jours de mousson que sa grand-mère lui manque le plus.

Lan lui fait parfois penser à elle, toujours à ressasser ses souvenirs de la guerre, à évoquer les gens qui sont partis pendant que d'autres sont restés. Il lui arrive encore de tressaillir quand elle entend le bruit d'un avion au loin, et Minh a donné l'ordre à ses enfants de ne jamais lui demander de « jouer à la guerre ». Quand Lan entend un avion, ses yeux s'assombrissent et elle ne semble plus vraiment là : personne ne sait alors où elle se trouve réellement, et si elle est bien ici, dans le district 4 de Hô Chi Minh, ou en train de courir dans les rues afin d'éviter un bombardement.

Hier, Minh l'a entendue se disputer avec sa mère à elle, à la fois si présente et si lointaine. Elle n'a pas pu tout comprendre, mais elle croit que sa mère parlait de faire adopter son futur enfant par un couple de blancs riches, des Français par exemple, que ça se faisait de plus en plus depuis quelques années et que sa vie serait certainement meilleure. « Minh n'y arrivera pas, répétait-elle, tout le monde le dit qu'elle n'y arrivera pas, regarde comme elle est fatiguée en ce moment. » Minh avait entendu la vieille Lan répondre sèchement que la place du bébé était avec sa mère, ici, dans son pays, pas avec des blancs qui ne connaissaient rien à leur vie. Sa mère avait rétorqué que puisqu'il y avait cette possibilité, cet enfant méritait *mieux*.

Minh est accablée par des rêves sinistres la nuit suivante, dans lesquels les voix s'entremêlent et se superposent à des images fiévreuses et délirantes. Cette nuit-là, elle voit encore le fantôme de sa grand-mère au pied de ses enfants endormis, et elle entend sa voix rocailleuse lui répéter qu'elle n'y arrivera pas. Ses yeux rougeoient comme deux pierres incandescentes qui crépitent sans fin, et si d'habitude, sa présence mystique la rassure, Minh a envie de la chasser en implorant son départ. Dans ce songe ténébreux, la grand-mère furieuse arrache d'un geste vengeur le fœtus du ventre de sa petite-fille immobilisée par une force invisible, et la déracine en s'aidant de ses mains terminées par des griffes terrifiantes. Quand Minh finit par pouvoir se mouvoir, son ventre est inhabité.

Le lendemain, Minh prend sa petite moto rouge et cabossée jusqu'à l'orphelinat de Gô Vap, et reste devant le bâtiment pendant une heure sans pouvoir y entrer, avant de rebrousser chemin.

Françoise, dans le Sud, 31 décembre 1981

Françoise déteste danser en société et il est extrêmement rare qu'elle se laisse aller à ce que les autres considèrent comme quelque chose d'amusant, à moins d'avoir un peu d'alcool dans le sang ou d'être très joyeuse. C'est le cas en ce réveillon de 1981 : elle est joyeuse, mais pas enivrée, et elle est heureuse de cette sobriété imposée.

Résiste
Prouve que tu existes

Ce soir-là, elle chante à tue-tête sur la chanson de France Gall. Françoise oublie les vœux de François Mitterrand, la cinquième semaine de congés payés, Brassens qui meurt et qui est enterré au cimetière des pauvres de Sète ; elle oublie tout et ne pense qu'à une seule chose : au futur bébé qui est en train de grandir dans son ventre et qu'elle a tant attendu.

Résiste
Prouve que tu existes
Cherche ton bonheur partout, va
Refuse ce monde égoïste

Françoise adore France Gall et sa coupe de cheveux, elle la trouve libre et son mec Berger ne manque jamais de la toucher en plein cœur avec ses paroles. « Résiste », c'est un peu son petit hymne à elle en 1981, gentiment féministe, un brin révolutionnaire mais pas trop non plus. À chaque fois qu'elle l'écoute, elle finit toujours par se demander si elle est vraiment heureuse ; il est si rare qu'elle se pose la question et elle ne sait pas vraiment ce que ça veut dire, être heureuse, mais ce soir de réveillon, Françoise sait qu'elle a envie de danser. Elle se sent même un peu saoule alors qu'elle n'a pas une goutte dans le sang.

Danse pour le début du monde
Danse pour tous ceux qui ont peur
Danse pour les milliers de cœurs
Qui ont droit au bonheur
Résiste

Françoise n'a même pas peur de refaire une fausse couche ; cette fois, elle sent que c'est la bonne et refuse de se laisser terrasser par la crainte et l'appréhension. Avec son mari, ils se sont promis de continuer, malgré toutes les tentatives qui n'aboutissent pas et les examens médicaux réguliers.

Résiste
Suis ton cœur qui insiste
Ce monde n'est pas le tien, viens
Bats-toi, signe et persiste
Résiste

1982 sera son année.

***

Les haut-parleurs ont cessé de s'égosiller et on n'entend plus France Gall chanter. Françoise est allongée sur une sorte de civière portée par deux pompiers immenses qui descendent l'escalier en colimaçon de la maison avec précaution. La petite couverture blanche qui la recouvre est trempée de sang au niveau de son entrejambe ; dans sa tête, elle se dit que c'est quand même dingue de lui avoir donné un tissu blanc et qu'il faut être un poil con pour ne pas penser à ce genre de détail dans de telles situations. Françoise a peur que les gosses de ses amis, présents à la fête, prennent peur à la vue de cette scène sanguinolente.

Si on t'organise une vie bien dirigée
Où tu t'oublieras vite
Si on te fait danser sur une musique sans âme
Comme un amour qu'on quitte
Si tu réalises que la vie n'est pas là
Que le matin tu te lèves
Sans savoir où tu vas

Son utérus comme son cœur sont vides.

Résiste
Résiste
Résiste

Linh, dans le Gers, années 2000

Paul et moi sommes allongés tout en haut de l'ancien pigeonnier du gîte de Tournecoupe depuis exactement une heure et vingt-deux minutes, mais nous avons oublié quel jour on était. Ce matin, nos parents nous ont encore dit en plaisantant qu'on se marierait quand on serait grands : à chaque fois on s'énerve, on se défend même, en disant qu'on n'est pas amoureux et qu'on ne le sera jamais. Pourtant, quand Paul me tient la main dans le pigeonnier, j'ai le cœur qui bat, et je vois bien que quand il me regarde il n'y a plus rien autour.

J'ai un peu faim mais je préfère rester tout en haut, à l'abri du monde. J'entends Lila chahuter avec les jumelles et la sœur de Paul dans le jardin immense ; Paul finit par rompre le silence en me demandant si je veux descendre boire ma « dose d'humour ». Je ne veux pas, je suis vexée que le père de Paul me donne tous les jours un bouchon de bouteille rempli d'eau accompagné d'une noix et qu'il présente comme le supplément d'humour dont je manquerais. C'est vrai que ma gorge se noue quand on me taquine et que j'ai du mal à respirer quand je suis en colère, et dès qu'on me dit de me calmer, c'est encore pire. Depuis toujours, on me fait comprendre que la colère est une maladie qu'il faut guérir. On ne m'écoute pas quand je suis énervée, on ne me demande jamais quelle est l'origine de cette boule de feu lovée dans les petits interstices de mon corps. Je voudrais la faire exploser pour qu'elle devienne une coulée de lave envahissante, mais je sens au fond de moi que l'on peut me punir pour ça, alors je la laisse m'étouffer et je rentre dans le rang. Je crois que Lila aussi a une boule de feu en elle, et qu'elle l'exprime en faisant des bêtises de pré-ado. Le truc de Lila, c'est de voler et mentir. Elle vole tout et n'importe quoi, ça va du Malabar du bureau de tabac aux quelques pièces de ma tirelire que je garde précieusement, jusqu'aux affaires d'amis à nous. Je crois qu'elle ne peut pas s'en empêcher, je ne sais pas pourquoi elle le fait mais je sais que ça me fait terriblement honte quand ce petit secret éclate en dehors de notre cercle familial restreint.

Je comprendrai plus tard que je tenais à maintenir l'illusion de la perfection, pas celle de notre famille mais de la mienne : voir Lila dévier de ma trajectoire sans à-coups m'était insupportable parce que tout comportement allant à l'encontre d'une intégration parfaite me révulsait. Nos parents, les psys, les instits, les médecins, tous ainsi que moi-même la rangeons dans la catégorie des « enfants à problèmes », parce qu'à ce moment-là, personne ne se soucie de ce que ça fait que d'être séparée de sa sœur jumelle à la naissance pour arriver dans un pays où personne ne te ressemble. Le monde préfère catégoriser les adoptés, ceux qui réussissent et qui s'intègrent – j'en fais déjà partie – et ceux qui échouent à rentrer dans le moule. Ce n'est jamais dit comme ça mais je le comprendrai bien plus tard ; à ce moment-là, je préfère écrire dans mon journal intime que j'en ai marre de Lila et qu'elle fait du mal à papa et maman.

Alors quand Marc, le père de Paul, me tend ma dose d'humour, j'acquiesce, je souris et je bois le bouchon rempli d'eau minérale, pensant que son contenu me calmera et détruira peut-être la boule de feu coincée en moi. Mais pas aujourd'hui, pas quand je tiens la main de Paul depuis une heure et vingt-deux minutes et surtout pas quand je viens de passer ma meilleure journée au gîte dans le Gers.

Tous les ans, j'y retrouve les miens, ceux qui sont comme moi : des apatrides, des enfants ou adolescents dont les parents sont allés les adopter au Vietnam quand ils étaient bébés eux aussi, des *bananes* comme on dit, des gosses morcelés au-dedans. Quand tout le monde se retrouve dans le Gers, j'oublie que je ne suis pas comme les autres. Je peux y courir tout mon saoul dans les hectares et les hectares de terrain sans m'inquiéter d'avoir des mauvaises notes, je n'ai plus besoin d'être parfaite et j'ai juste à m'amuser.

Je partage une chambre un peu humide avec mes parents et ma sœur

Lila est jalouse que les jumelles dorment dans l'ancien pigeonnier parce que c'est le meilleur endroit

Les mots qui se forment sur le bord de l'assiette grâce aux pâtes en forme de lettres

Le nectar des abeilles qui s'enroule autour des bâtonnets de dégustation à la fabrique de miel du coin

Le corps frêle de Paul qui se fracasse contre l'eau de la piscine

Le petit vélo qui tangue et moi qui crie à l'arrière pendant que Paul pédale en danseuse

Tout en haut de l'ancien pigeonnier, je refuse de prendre ma dose d'humour quotidienne parce que je voudrais m'étendre là pour toujours aux côtés de Paul.

Je veux y croire quand tout le monde dit que nous sommes beaux ensemble, mais je trouve les garçons blancs plus beaux

Je sais que Paul a le cœur qui flanche quand je le regarde

On se rate

Et on continuera à se rater parce que personne ne nous a appris à nous aimer entre nous

Françoise, dans le bureau de la maîtresse d'école, années 2000

Françoise n'en revient pas d'être convoquée par la maîtresse de Linh et pas celle de Lila. C'est sa fille aînée qui perturbe habituellement l'ordre établi, elle qui est difficile, elle à qui elle ne sait pas parler. Dans la tête de Françoise, il est tout simplement impossible que sa petite fille chérie ait fait une bêtise, surtout à l'école.

Linh a giflé une de ses camarades tellement fort ce matin qu'elle en est tombée à la renverse sur le sol glissant des toilettes des filles, « plus de peur que de mal, a dit la maîtresse, mais quand même on ne peut pas laisser passer ça ». Linh est assise bien droite sur une chaise qui fait face au bureau de la maîtresse, et ne regarde pas sa mère. « Est-ce que tu peux expliquer à ta maman pourquoi tu as fait ça, Linh ? » Celle-ci met du temps à répondre, mais elle finit par lâcher d'un air extrêmement détaché, comme si elle savait que la bataille était perdue d'avance : « On a appris à placer les pays d'Asie sur le planisphère ce matin en cours. Dans les toilettes, elle m'a dit qu'avec ma tête de Chinetoque je savais sûrement où était la Chine. J'ai pas réfléchi, je l'ai giflée, c'est tout. »

***

Tout peut sembler superflu à côté de ce qui paraît être une montagne de problèmes. Françoise est tellement obnubilée par Lila et ses problèmes qu'elle est sidérée quand le médecin traitant de la famille lui suggère d'emmener Linh voir un thérapeute pour enfants. La sidération laisse vite place à l'agacement ; pour qui il se prend ce type, à lui donner des conseils de maternité du haut de sa chaise ? Elle demande au médecin les raisons de sa suggestion, celui-ci répond que lors de sa dernière consultation pour une rhinopharyngite de rien du tout, Linh n'arrêtait pas de répéter qu'elle avait peur de mourir.

— Encore ça, soupire Françoise, elle fait une fixette, c'est vrai.

— C'est plus qu'une fixette, ça l'empêche de dormir. Elle dit aussi qu'elle a peur que vous mouriez, vous et votre mari, et que vous la laissiez.

Françoise est stupéfaite et tout lui semble alors incompréhensible. Ça lui semble fou qu'une enfant si jeune ait si peur de la mort, elle-même n'y pense pas souvent. Pourtant, elle sait ce que représente l'absence des autres, celle de ceux qu'on aime mais qu'on ne peut plus toucher, ceux à qui on pense mais à qui on ne peut plus parler, ceux qu'on a envie d'appeler pour leur demander une information anodine. Quand son père boulanger est mort, l'envie de décrocher le téléphone fixe pour lui demander sa recette de brioche de Saint-Nicolas l'a démangée pendant des années, et puis un jour, elle a tout bonnement accepté l'idée que les siens ne seraient jamais aussi aériens que ceux de son père. Quelques jours après ses 20 ans, la mère de Françoise est morte. Malgré la déflagration immédiate, la vie a continué et elle est même passée très vite, comme un rêve auquel on assisterait debout.

C'est vrai que Françoise n'a pas très envie de mourir, mais comme beaucoup de personnes en fin de compte : sa vie est relativement agréable, et il faut avouer qu'il est un peu triste qu'elle doive prendre fin un jour. Elle a néanmoins accepté que c'était comme ça, que c'était le cours des choses, et que mourir était comme s'endormir, à l'exception près qu'on ne se réveillait jamais. Elle pense des fois à ce qu'il y a après mais préfère se concentrer sur le maintenant.

C'est son mari qui tente d'apprendre ça à Linh, à apprécier chaque moment du présent puisqu'on ne peut pas anticiper le futur selon lui : lui n'a pas peur de la mort et la perçoit comme ce qu'il appelle un repos bien mérité. « Tout être vivant est en vie parce qu'il doit mourir un jour, et c'est ça qui est beau, tu comprends ? » dit-il parfois à Linh. Celle-ci ne semble pas comprendre, et comme son père ne sait jamais comment s'y prendre avec elle, il la fait rire, car c'est ce qu'il a toujours fait de mieux. À ses yeux, Christophe est ce qu'on pourrait appeler une *force tranquille* : jamais stressé, jamais effrayé, jamais en colère. Françoise ne l'a jamais vu une seule fois crier sur les enfants, il répète toujours à quel point il est inutile de s'énerver et « qu'il n'y a pas de problèmes, que des solutions ». Cette phrase toute faite qui sort de nulle part l'agace sur le moment, mais elle aime ce côté temporisateur qu'elle n'a jamais eu. Quand Christophe est fâché, il sort de la pièce et part fumer une cigarette roulée dans son vieux garage encombré. Françoise pense que son propre père était si violent qu'il s'est juré inconsciemment de ne jamais devenir comme lui, ce qui lui vaut parfois des remarques cinglantes de son entourage. Aux yeux des autres, il est le père au foyer un peu artiste tandis que sa femme porte la culotte. Il est celui qui balance négligemment un torchon sur son épaule droite quand il fait à manger pour ses deux filles entre midi et deux, celui qui n'a pas son bac et fait des fautes d'orthographe pour certains mots d'usage.

Alors quand Linh a peur, Christophe ne sait jamais quoi lui raconter à part des blagues qu'il a lues dans des magazines ou des phrases toutes faites du type « concentre-toi sur le moment présent ». Il dessine aussi des portraits d'elle qu'il glisse ensuite sous la porte de sa chambre, parce que c'est plus facile pour lui de gribouiller sur une feuille de papier plutôt que de parler.

***

Les traits des dessins de Linh sont enfantins et forment des visages hésitants et grossiers. « Elle est douée avec les mots, mais pas tellement avec les crayons », se dit Françoise. Celle-ci se sent mal de fouiller dans les dessins de sa fille et a l'impression de faire intrusion dans son intimité. Depuis plusieurs minutes, elle fait défiler sous ses doigts des aquarelles baveuses aux encres pâles, les dessins de la maison devant laquelle la chienne Samba est sagement couchée, rien qui ne l'interpelle pour le moment sur un prétendu besoin de thérapie.

Françoise finit quand même par buter sur deux dessins. L'un semble représenter une école avec des enfants aux visages roses qui se tiennent tous la main. Une petite fille se tient seule sur le côté droit de la feuille et son visage est barbouillé d'une peinture jaune et criarde, en dessous, Linh a écrit « Moi ». Ses yeux ne sont que deux longues fentes horizontales, tandis que ceux des autres enfants sont grands ouverts et ornés de cils noirs.

L'autre dessin n'est constitué que de couleurs sombres – du noir et quelques touches de gris çà et là – à l'exception de grosses larmes bleues qui coulent grossièrement des joues du visage d'une petite fille. Celle-ci se tient debout dans ce qui semble être un cimetière puisque la feuille est entièrement recouverte de croix, mais parmi elles se trouvent deux tombes qui se distinguent : « Papa et Maman » est écrit. Linh a rajouté en haut à gauche de la feuille ce qui sonne comme une épitaphe funèbre : « *Tout le monde meurt un jour.* »

Linh, une fête du Têt dans le Sud, années 2000

C'est l'année du Rat, c'est surtout mon année. Comme tous les ans, je fête avec mes amies adoptées du Sud le Nouvel An lunaire organisé par l'association dont j'ai toujours la brochure sur mon bureau. Je suis dans les coulisses de la scène et je me prépare à faire mon fameux discours de bonne année, que je donne pour la première fois et que j'ai écrit avec Dung, le président de l'association franco-vietnamienne. J'ai l'impression d'être investie d'une mission divine. Pour une fois, j'aime bien l'*ao dai* que je porte – il ne m'étrangle pas comme à l'accoutumée –, mais ma gorge est quand même serrée par le trac. Je serre le micro très fort comme s'il allait tomber sur le sol à tout moment, et je sens que sur mon nez perlent des petites gouttes de sueur. Quand je suis stressée, je transpire exclusivement du nez et des mains, comme Lila, et ça fait beaucoup rire mes copines blanches. Heureusement, j'ai mon petit Bouddha en jade autour du cou que je triture comme une forcenée.

J'ai oublié ce que j'ai dit pendant mon discours – des trucs comme *prospérité, longévité, bonheur* – mais ce que je sais, c'est qu'on m'a beaucoup applaudie et que je n'ai pas bafouillé une seule fois pendant que les projecteurs étaient braqués sur moi tous à la fois. Je suis fière, et j'espère en mon for intérieur que ce que j'ai souhaité au public m'arrivera à moi aussi.

***

Ça fait longtemps que je n'ai plus peur des pétards rouges qui explosent tous en chœur. Quand j'étais plus petite, j'avais pour habitude de me boucher les oreilles afin d'atténuer le bruit tonitruant de leur combustion. Une fois que les étincelles virevoltaient partout, il arrivait même que je me cache sous les tables de la grande salle des fêtes et Lila se moquait de moi des jours durant.

Je ne perçois plus ces pétards comme un potentiel danger, mais plutôt comme un symbole de renouveau. « Que la fête commence », semblent-ils crier, et j'aime quand leur odeur âcre enfume la pièce. Ce soir-là, quand tout commence à pétarader, je suis tranquillement assise à une table avec mon *chè* maintenant que mon discours a été prononcé et la danse traditionnelle terminée. Les boules de tapioca qui se mélangent aux morceaux de mangue et la tiédeur doucereuse du dessert m'écœurent, tandis que les licornes m'encerclent comme lors d'un rite de passage.

Ce qu'on a coutume d'appeler la danse des licornes est en réalité un tourbillon d'adolescents qui font des arts martiaux et qui portent des têtes d'animaux célestes – mi-dragon, mi-lion – de toutes les couleurs, prolongées d'une longue traîne duveteuse. J'en avais peur également, j'avais l'impression qu'ils m'avaleraient et que je disparaîtrais dans leurs entrailles. Je me plais ce soir à glisser des enveloppes rouge vif remplies de petites coupures dans leurs gueules béantes. J'ai hâte de recevoir ma petite enveloppe rouge de la main de Dung, avec laquelle je pourrai m'acheter de nouvelles améthystes pendant mes prochaines vacances dans les Vosges afin de compléter ma collection de pierres précieuses.

***

Le dimanche qui a précédé la fête, avec nos copines et Lila, on a répété la danse des chapeaux coniques sans relâche chez cô Loan, mais la meilleure partie, c'était la confection de pâtisseries en vue du Nouvel An. Ce que je préfère, ce sont les petites boules croustillantes au léger goût de brûlé dont je ne connais pas le nom et que je fourre dans ma bouche pour les croquer. Il suffit de faire de longs serpents de pâte que l'on vient ensuite découper en petits morceaux avant de les faire frire.

La dégustation de la poitrine de porc accompagnée d'œufs marinés dans la sauce et dont le blanc tourne au marron fut inoubliable ; malgré mon incapacité à prononcer les mots de ces plats en vietnamien. Et quand je répète avec Lila après cô Loan qui tente de nous apprendre quelques mots, la réaction générale de Loan et ses filles est toujours unanime : les rires à gorge déployée parce que les tons sont mal maîtrisés, et parce que notre voix étrange accompagne un air un peu sonné.

Một hai ba bốn năm
Un deux trois quatre cinq
Sáu bảy tám chín mười
Six sept huit neuf dix

sont les seuls mots que je connaîtrai de ma langue jusqu'en 2020, et que j'écrirai à l'infini sur mon cahier 21 × 29,7 à petits carreaux.

Ce jour-là, j'ai goûté mon premier mangoustan. Après cette dégustation, je décide qu'il sera mon fruit préféré. Je ne cesserai jamais de trouver ces fruits incroyables et je trouve ça fou que la nature puisse produire des choses aussi belles que bonnes : les mangoustans sont des écrins secrets recelant de multiples quartiers de douceur et d'acidité. Quand j'ai voulu l'ouvrir, je me suis saisie d'un petit couteau et là encore, les rires ont fusé : « Non, pas comme ça ! » a crié cô Loan en riant. Celle-ci s'est emparée du fruit et y a appuyé fermement ses deux pouces sur sa coque marron et dure. Le mangoustan s'est alors ouvert comme un coffre-fort, révélant son trésor de chair blanche et juteuse ainsi qu'une écorce intérieure à la couleur vivace, laissant les doigts de cô Loan teintés de jus violet.

Minh, Hô Chi Minh-Ville, 1986

Les ongles de Sang sont couleur violet foncé, comme s'il avait fait quelque chose de suspect alors que c'est le jus des mangoustans qui fait ça. Allongée à côté, Minh le regarde. Il est recourbé au-dessus d'un bol rempli des boules à l'écorce toute dure et en ouvre une, lui tend une moitié, met l'autre dans sa bouche, et ainsi de suite.

Sang est si maigre qu'on voit sa colonne vertébrale sous la peau de son dos quand il se penche. Il a la peau très foncée, comme celle des pauvres qui sont trop restés au soleil. Si les parents de Minh étaient riches, ils ne verraient pas ça d'un bon œil, mais ils ne le sont pas et eux aussi ont les mains abîmées par le travail. La seule chose qu'ils reprochent à Sang, c'est l'habitude qu'il a de fumer très tôt le matin, et son regard un peu perdu. « Parfois, on dirait qu'il ne sait pas où il est », disent-ils.

Ils se sont tous les deux trouvés à l'usine de textile où ils travaillent. Un jour où Minh était concentrée sur le bruit de sa machine à coudre, la nuque courbée en direction du tissu transpercé par l'aiguille, Sang s'est planté comme un bâton devant son poste et lui a demandé : « Tu veux aller manger une soupe après le travail ? », et Minh a dit oui. Quand elle est sortie, Sang l'attendait, adossé contre un mur en train de fumer une cigarette. Ils ne se sont pas dit un mot et sont allés engloutir une soupe fumante dans la gargote du coin, mais quand Minh avalait les dernières gouttes de son bouillon cuillère après cuillère, Sang l'a regardée et lui a suggéré de tenir le bol entre ses mains et de pencher la tête en arrière pour aller plus vite. « C'est plus facile », et il a ri, découvrant ses dents de travers mais étonnamment blanches malgré toutes les cigarettes fumées.

— Je peux t'en prendre une ? a demandé Minh. Les hommes n'aiment pas quand les filles fument.

— Je m'en fiche, tu fais ce que tu veux.

Minh et Sang ont continué leur soirée ainsi, à fumer des cigarettes près de l'usine, et à se demander ce qu'ils aimaient faire dans la vie. Minh se souvient d'avoir trouvé ça bizarre, comme question, personne ne s'était jamais préoccupé de ce qui pouvait lui plaire. Depuis qu'elle était petite, soit on lui interdisait, soit on lui ordonnait. Elle a répondu qu'elle aimait cuisiner pour les autres et que son rêve était d'ouvrir un jour son propre restaurant.

Le soir où Sang et Minh mangent les mangoustans, ils ont disposé à côté des assiettes de riz couvertes de porc braisé et coupé qu'ils ont achetées. La viande est trop grasse et trop dure, elle n'a pas le goût qu'elle devrait avoir, et le riz est mal cuit. Sang lui dit qu'elle le fait bien mieux, et qu'il préfère les plats qu'elle prépare. Elle pense : « Heureusement qu'il y a les mangoustans, sinon la soirée aurait été décevante. »

Minh, plage de Vung Tau, 1993

En faisant l'étoile de mer dans l'eau tiède, Minh se dit qu'elle regrette la saison des mangoustans et la mousson. Elle aurait bien aimé en manger un sur le sable après sa baignade, elle en a marre des mangues qui l'écœurent un peu depuis qu'elle a accouché. Sur ces pensées, elle se laisse quand même flotter depuis une éternité, se disant qu'il s'agit d'une façon parfaite de finir l'année. La sensation du sel qui picote les plaies de ses mains abîmées par le travail est une salvation, et elle se laisse envahir par la très légère brûlure que l'iode provoque sur ses articulations. Elle se dit qu'aucune crise et aucun malheur ne pourra venir altérer son bonheur immédiat.

Dans cette position où elle se laisse flotter, les yeux rivés vers le ciel dégagé, Minh ne voit plus son ventre encore flasque déchiré par sa seconde grossesse, et que les autres femmes de son entourage, notamment sa mère, critiquent à longueur de journée. Elle sait qu'il est là mais elle s'en fiche. Elle n'entend plus non plus les pleurs incessants de son deuxième nouveau-né qui a 2 mois et le bruit des machines à coudre de l'usine. Hier, elle a fabriqué plus de cinquante napperons en une journée de travail, un record selon sa collègue qui s'assoit toujours à côté d'elle. Ces journées de productivité se payent cependant au prix cher, celui d'avoir ce son de marteau-piqueur qui envahit sa tête même durant la nuit.

Comme Minh a bien travaillé ces derniers temps, elle a pu s'offrir une escapade d'une journée au cap Saint-Jacques. Elle et Lan ont pris le bus tôt le matin depuis Hô Chi Minh, et ont reniflé l'air tête par la fenêtre comme des petits chiens excités à l'approche de la plage : « Ça sent la mer », a dit Lan, une mer que Minh n'a pas vue depuis trop longtemps.

Elle est fascinée par les collines arborées qui entourent le cap Saint-Jacques, par la route bétonnée qui longe la plage de Vung Tau et sur laquelle les quelques voitures de vacanciers de classe moyenne roulent en direction de leurs hôtels réservés le temps d'un week-end. Minh et Lan ne peuvent pas se permettre de rester deux jours entiers, alors elles prendront le dernier bus en direction de Hô Chi Minh. Elles voulaient juste voir la mer quelques heures. Depuis le bus, elles peuvent apercevoir au loin une statue géante du Christ qui surplombe la baie, comme une sorte de mini Corcovado qu'elles ne verront jamais.

***

Comme beaucoup de Vietnamiens, Minh se baigne tout habillée. La sensation de l'iode qui sature ses vêtements et qui lui colle à la peau quand elle sort de l'eau pourrait la déranger, mais elle s'en fiche, elle a l'impression de laisser son corps s'imprégner du souvenir de sa baignade et ça la rend heureuse.

La vieille Lan, elle, ne se baigne pas, elle reste toute la journée assise sur le sable à regarder les enfants construire des châteaux de sable difformes et éphémères tout en mangeant des gâteaux de riz gluant à la banane. « Est-ce que t'es heureuse, cô Lan ? » lui demande Minh, la bouche pleine de riz. Lan éclate de son rire caverneux que Minh adore, elle répond :

« Je ne sais pas ce que ça veut dire, être heureuse. Et toi ? » Minh mâche avec application son gâteau de riz gluant et finit par répondre : « Quand je me baignais, j'étais heureuse. Là, avec toi, je le suis. Je l'étais aussi quand les gamins sont nés, et je le serai sûrement si on doit en avoir d'autres avec Sang. » Lan observe le visage parfaitement rond de sa voisine, ses yeux qui brillent, ses bras un peu potelés, ses grandes mains calleuses et tout abîmées. Elle se dit qu'elle est une drôle de femme et qu'elle ne la comprend pas toujours, mais qu'elle pourrait mourir pour la protéger. À ce moment-là, Sang est heureux et ne boit pas encore, il berce ses enfants avec douceur tous les soirs après le travail, dans l'usine voisine à celle de sa femme.

Une fois son gâteau fini, Minh conclut : « Nous les femmes, tout le monde se fout qu'on soit heureuses. »

Françoise, Pau, 1970

Les hommes du village natal de Françoise disent souvent qu'elle ressemble à Françoise Hardy. Elles ont le même prénom, les mêmes cheveux longs et la même frange qui est là depuis toujours, à tel point qu'on se demande parfois ce que cache cette mèche de cheveux. Apparemment, elles sont belles toutes les deux. Françoise ne comprend pas ce qu'il s'est passé entre le temps où elle était la binoclarde de l'école et la fille du boulanger, et celui où elle est devenue la Françoise Hardy du Thillot. Cette transition inattendue a fait que d'un coup, tous les regards masculins de son village se sont braqués sur elle, alors qu'elle n'a jamais été particulièrement intéressée par les hommes : il n'y a que des bouseux dans ce patelin vosgien.

Si les regards des hommes sont nouveaux, l'ennui vertigineux qu'elle ressent en étant ici est resté le même. Elle tourne en rond, et heureusement que quelques événements viennent rompre cet ennui, comme quand elle a eu son premier transistor pour écouter Salut les Copains dans le lit qu'elle partage avec sa sœur. Elle se demande tout le temps ce qu'elle va devenir si elle reste ici, mais elle adore étudier et a de bonnes notes. *C'est peut-être ça la brèche*, se dit-elle, celle qui l'autorisera à partir, alors elle s'engouffre dedans à fond et se met en tête de devenir prof ou institutrice. Dans son village, il faut une bonne raison pour que les filles aient le droit de s'en aller, même si ce n'est qu'à Épinal. L'obtention du bac a marqué le top départ. Personne dans sa famille n'a jamais eu de diplôme, alors une fille de boulanger et de femme au foyer, avec le précieux sésame en poche et le désir d'être prof, ne pouvait pas faire autre chose que quitter ce village vosgien où il ne se passe jamais rien.

Quand Françoise et Christophe se sont embrassés pour la première fois au bal du Thillot, elle a de suite vu en lui cette possibilité de se barrer. « Tu sais qu'on se connaît depuis qu'on est gosses ? On faisait du vélo dans le même quartier », lui dit Christophe. Françoise s'en veut, elle l'a oublié. Mais le soir de leur premier baiser, elle le voit très bien, lui, le fils d'un tanneur et d'une autre femme au foyer. Elle voit qu'il ne sait pas où aller et qu'il la suivra n'importe où quand elle voudra partir, qu'il est trop occupé à gratter sa guitare de fortune et dessiner ce qu'il voit dans son vieux carnet pour la reluquer comme les adeptes de Françoise Hardy le font. Les filles répètent qu'il ressemble à Joe Dassin ; ça convient à Françoise qui se dit qu'ils forment un drôle de couple. C'est la première fois qu'elle n'est pas complètement indifférente à un garçon ; habituellement, elle se repose sur sa bande de filles de l'école normale et ça lui va très bien.

Sa mère verrait Christophe d'un très mauvais œil, elle dirait : « Mais il n'a aucune attache, ce garçon. Pas de bac, pas de rêves, ça va vous mener où ? », mais ça fait déjà trois ans qu'elle n'est plus là. Quand elle est morte, elle les a laissés, elle, son père et sa petite sœur, dans l'ignorance la plus totale. C'est comme si sa présence était la colonne vertébrale de leur foyer, qui s'est effrité peu après sa disparition. À partir du moment où Françoise a accepté l'absence de sa mère, elle s'est mis en tête de partir quelque part où elle n'était jamais allée – pourquoi pas au Sud, là où il fait chaud, loin des montagnes vosgiennes où les gens n'ont jamais vu un seul étranger de leur vie ? De toute façon, son père ne disait jamais rien qui aurait pu la contrarier. Il aura suffi qu'elle ait son bac et qu'elle aille à l'école normale afin de devenir prof pour qu'il dise amen à tout. La seule fois où le père de Françoise a eu des doutes sur son futur, c'est quand elle s'est rendue aux manifs de mai 1968 et que sa tête a fait la une de tous les journaux vosgiens. Les voisins commentaient : « Dis donc, ton aînée ! Elle a l'air enragée », et Françoise s'est fait rhabiller pour l'hiver par un père furieux, la traitant d'ingrate se fichant qu'il se lève tous les jours à 4 heures du matin pour pétrir et enfourner du pain afin de nourrir ses deux filles.

Après l'ennui est venue la colère. Tout a commencé quand sa copine Annie de l'école normale est tombée enceinte après un flirt de vacances, juste avant que la loi Neuwirth soit votée. Elle a mis deux mois à s'en rendre compte ; quand elle le réalise, c'est la panique absolue.

Annie n'a pas d'argent pour aller en Suisse, ni pour aller voir « quelqu'un ». La seule solution pour un curetage à l'hôpital est de provoquer une fausse couche. Le jour où elle décide de faire ça, Françoise ne sait pas qu'elle ne reverra plus jamais son amie. Elle apprend plus tard qu'elle s'est introduit une tige en fer dans le vagin pour provoquer la fausse couche, qu'elle l'a laissée beaucoup trop longtemps et que quand elle est arrivée à l'hôpital, c'était déjà trop tard. Annie a fait une septicémie. Depuis, Françoise et ses copines sont vraiment en colère, et celle-ci devient incontrôlable quand elle se mêle au chagrin. La nouvelle loi les console et les apaise sur le moment, mais elle ne leur rend pas leur amie.

Françoise sait que son père voit la révolte d'un mauvais œil, mais elle l'écoute à peine quand il lui parle, elle pense aux grandes manifs du moment et a la tête qui tourne d'ivresse. Elle veut être libre, profiter de la vie avec ses copines, les voir être amoureuses et coucher avec qui elles veulent sans s'inquiéter, ne plus avoir peur d'aimer, vivre une vie de plaisir et mettre fin à l'ennui. Elle exige l'insouciance et la fin de la honte qui recouvre tout d'un voile pudique, celui qui l'empêche de parler des sujets sérieux avec son père et sa sœur : l'amour, la politique, tout. Elle se dit qu'elle peut obtenir tout ça avec les manifs, il y a trop de jeunes dans la rue qui crèvent tous d'envie d'être libres. Lancer le pavé, tenir une banderole, c'est sa façon de signifier à tous qu'elle est déjà loin, loin de sa petite sœur qui lui tient la jambe et veut la retenir dans ce trou, des garçons idiots qui lui tournent autour, loin du vide béant laissé par sa mère.

Françoise et Christophe sont donc partis tous les deux avec leur vieille voiture rouge toute cabossée, leur chien un peu fou qui bave et qui respire fort couché sur le siège arrière. Christophe vit de petits boulots, Françoise va à la fac de Pau en parallèle du collège où elle est prof. Elle n'est pas encore dans le « vrai » Sud, celui où elle veut aller, mais elle compte bien y parvenir ; en attendant, ils se contentent de leur petit studio humide du centre-ville et Françoise écoute Christophe chanter faux presque tous les jours avec sa vieille guitare mal accordée.

Pour leur époque, les deux semblent décalés, pas en phase avec ce qui les entoure, mais ils sont en même temps comme tout le monde. La mère de Christophe, Claudine, voit leur concubinage d'un mauvais œil. Elle leur répète qu'il faudra se marier.

Linh, une maison de retraite dans les Vosges,
années 2000

Je déteste les couloirs de la maison de retraite de ma grand-mère Claudine où je me rends depuis que je suis toute petite. Je voudrais bien abattre leurs murs blafards à coups de massue, relever les vieillards qui dorment sur leurs chaises matelassées, les entendre rire et leur faire manger de la vraie nourriture, tapisser l'intérieur de pivoines afin de faire disparaître cette odeur de mort qui imprègne tout le bâtiment.

En même temps, je n'ose pas les regarder dans les yeux quand je marche dans ces couloirs en direction de la chambre de ma grand-mère. Je hais les voir baver comme des enfants, entendre leurs voix indistinctes qui peinent à articuler une phrase entière, sentir l'odeur de leur pisse qui macère dans leur couche-culotte. Ils me font peur et me peinent en même temps. Pour moi, une maison de retraite est l'euphémisme du mot *cimetière*, et je comprends pourquoi ma mère est terrifiée à l'idée de finir ses jours dans ce genre d'institution. « Plutôt crever qu'être enterrée là-bas », peste-t-elle toujours.

Comme beaucoup, je détourne le regard quand il s'agit de voir la mort en face.

***

Je me souviens mal de l'accident, j'ai du mal à imaginer mamie dans ce qu'on pourrait appeler son habitat normal. Elle fait partie de la maison de retraite maintenant. Je sais que j'étais dans le grand jardin tout vert de l'immeuble de ma grand-mère ; presque toute ma famille paternelle était là pour le déménagement. Elle était sur le point d'intégrer cette maison de retraite parce qu'elle ne se sentait plus capable de vivre seule. Avec Lila, nous avons vu d'un coup notre père courir dans tous les sens, puis notre grand-mère étendue sur l'herbe, sa canne en bois à côté d'elle. Le col du fémur s'était brisé comme un verre de cristal et elle n'avait plus jamais remarché après l'accident.

Après qu'elle a emménagé dans sa petite chambre à l'odeur que je déteste, je fus obligée de lui parler au téléphone fixe une fois par semaine avec le téléphone noir à fil du bureau bordélique de mon père. « Linh, Lila, c'est mamie ! », et il était hors de question de se soustraire à ce coup de fil hebdomadaire. C'était à chaque fois les mêmes questions, le même ennui, la même Claudine qui entendait mal ce que nous lui disions : « Coucou mamie, ça va ? T'as mangé quoi aujourd'hui ? Il fait beau ? Oui, ici ça va, on va à l'école quoi. Samba va bien, elle a beaucoup grandi et elle est trop grande pour monter complètement sur une chaise maintenant. » Je n'ai jamais su vraiment quoi dire à ma grand-mère : elle était une personne lointaine que j'aimais sans trop savoir pourquoi, et à qui je rendais visite une fois par an dans ses montagnes vosgiennes.

***

J'ai 13 ans cet été-là, et mon obsession étrange pour l'histoire de la Seconde Guerre mondiale sous tous ses aspects ne m'est toujours pas passée. Je suis fascinée par les héros et les gens qui font le bien, ceux de la Résistance française dont on bombarde les récits à l'école, mais je m'attache aussi à ce qui est plus laid : le rôle de l'État français dans la mort de millions de personnes, les anecdotes de dénonciation, les trucs moches et indicibles, toutes ces histoires malheureuses provoquent en moi un irrésistible intérêt pour tous ces gens blancs que je ne connais pas, puisqu'on ne me parle que de ça. Je me demande si c'est le vide autour de ma propre histoire qui me pousse à me raccrocher à celle des autres. Alors, comme mamie a vécu cette guerre, je suis bien décidée à lui poser toutes les questions que je veux avant qu'elle disparaisse, car elle est vieille et fatiguée. Je suis obsédée par l'idée de *mémoire,* la mienne et celle des autres. J'ai peur d'oublier et qu'on m'oublie, alors j'archive et je garde tout, et je suis attachée aux petits détails, aux bouts d'histoires clairsemées qu'on rassemble pour reconstituer le fil.

Passée l'heure du repas infect, une partie de la famille est réunie dans la petite chambre de mamie. On commente ses jolis dessins de fleurs et d'oiseaux, la vue depuis la fenêtre, son nouveau fauteuil roulant. J'ai la nausée à cause de l'odeur si spécifique de la chambre et je respire par la bouche, je prends la caméra de ma mère et je m'assois sur le rebord du lit de Claudine. Je lui demande si elle se *souvient.*

Et ma grand-mère, elle se souvient de tout. Elle parle des tickets de rationnement, des topinambours, des « Boches », du froid pendant les hivers, et puis elle s'arrête un instant pour regarder un merle se poser sur un arbre dehors.

— Je me souviens de cette femme, elle était jeune et juive. Je passais dans la rue de la boucherie et elle s'est jetée par la fenêtre.

— Est-ce qu'elle a survécu ? je lui demande.
— Je n'ai jamais su.

Minh, district 4 de Hô Chi Minh-Ville,
fin janvier 1996

Minh est assise sur un petit tabouret dans la pièce principale de la maison. Sa mère et Sang sont assis à côté d'elle, et en face se tient une certaine Monique qu'ils ne connaissent pas. Minh la toise d'un air de défiance et a envie de partir. Elle trouve qu'elle a l'air arrogante, avec son air apprêté, ses cheveux gris bien séchés de quinquagénaire et son chemisier en soie ; elle est agacée que sa mère lui ait demandé de venir. « Je vois que vous vous portez bien, vous et le bébé », dit Monique en souriant. Minh la regarde dans les yeux mais ne répond pas, sa mère lui donne un coup de coude qui lui ordonne d'être polie. « Oui, ça va, plus qu'un mois et quelques si tout va bien », se force-t-elle à répondre.

Monique est une femme catholique qui « aide les femmes en détresse ». Elle est là pour convaincre Minh et Sang de faire adopter leur bébé par un couple blanc, à la demande de sa mère, alors elle commence : pendant plus de vingt minutes, elle leur explique à quel point leur vie est merdique.

Sang ne travaille plus
Minh a déjà deux enfants à nourrir
Le travail à l'usine ne suffira pas, il faudra cumuler des petits boulots
La maison est abîmée et le toit aurait besoin de travaux
La mère de Minh est fatiguée et ne pourra pas les aider correctement
Est-ce vraiment la vie que vous voulez offrir à votre bébé ?
C'est égoïste de votre part

Il y a des gens qui pourraient lui offrir une vie meilleure
De bonnes écoles, une belle maison avec un grand jardin et un chien
Une pluie de cadeaux à tous ses anniversaires
Une vie meilleure

Minh et Sang demeurent silencieux après cet exposé qui ressemble à un réquisitoire, tous les deux ne savent pas quoi dire à part que ce discours a fait naître en eux une sensation terrible de culpabilité. « Je vous laisse réfléchir, dit Monique, si vous vous décidez, je me charge de tout et je peux vous mettre en contact avec un couple français qui souhaite adopter. » Elle se lève avec ses manières de bourgeoise qui se tient bien droite et qui a des mains immaculées parce qu'elles ne sont pas abîmées par le travail, et tandis que Minh la raccompagne à la porte, Monique chuchote : « J'ai entendu que votre mari vous battait. C'est ça que vous voulez offrir à votre enfant ? Tenez, l'adresse d'une structure qui pourra vous aider. Ce sont les meilleures. »

Elle glisse une carte de visite dans la main de Minh, qui ne desserre pas les dents.

***

Minh a repris sa moto rouge cabossée direction le nord de la ville. Elle va vite et ne vérifie pas bien ses rétroviseurs en se faufilant entre les embouteillages, ce qui lui vaut plusieurs coups de klaxon enragés. Elle sait que ce n'est pas prudent à presque un mois de l'accouchement, mais elle a besoin de cette vitesse et du vent chaud qui lui gifle le visage. Il est si rare d'avoir du vent à Hô Chi Minh-Ville.

Quand elle arrive au bâtiment indiqué sur la petite carte qu'elle a froissée, elle se dit que les locaux de cette association sont vraiment décrépis pour une structure qui fait prétendument partie des meilleures. À l'accueil, une petite femme avec des lunettes rondes assise derrière une sorte de comptoir lui demande ce qui l'amène. « C'est pour... Vous voyez ? » Minh n'arrive pas à le dire. Elle a honte d'être ici. La femme hoche la tête avec un air qui semble compréhensif et lui demande de s'asseoir ; une membre de la structure va la recevoir dans quelques instants.

Pendant qu'elle attend, Minh regarde autour d'elle. Sur les murs blancs de la salle qui tirent sur le gris sont affichées des affiches de propagande communiste, et quelques slogans sur les violences, rien de plus. Elle se demande d'un coup ce qu'elle fout ici et se lève pour partir, quand la membre de l'association en question déboule dans la salle avec un grand sourire. « On m'a dit que vous vouliez me voir ! Suivez-moi, on va se mettre dans une autre pièce. » La pièce en question est austère et Minh a soudainement envie de jus de canne à sucre fait par Lan.

— Je vois que vous êtes enceinte. C'est pour quand ?

— Début mars.

— Vous avez hâte ?

Cette question anodine lui semble complètement folle. *Est-ce qu'elle a hâte ?* Tout change alors dans la tête de Minh. Est-ce le début de la fin ou le début du début ? Elle se met à pleurer si fort qu'elle suffoque, et en même temps, elle tente de parler, de raconter, de se raconter pour la première fois en deux ans à cette femme qu'elle ne connaît pas. Minh raconte les bleus, les soupes jetées sur ses jambes, la terreur la nuit, les doigts tordus, l'odeur d'alcool, elle a l'impression qu'elle ne pourra plus jamais s'arrêter de parler et voudrait aussi raconter l'usine, les napperons confectionnés à l'identique, le bruit de la machine à coudre, jusqu'à ce que la femme en face d'elle pose une main sur la sienne pour la stopper.

— Et le bébé, vous avez pensé au bébé ?

— On nous a parlé d'adoption. Mais je ne veux pas me séparer de mon bébé, c'est pour ça que je suis ici.

— Et pourquoi vous êtes ici ?

— Pour savoir si vous pourrez m'offrir un soutien quand le bébé sera né.

La membre de l'association ne dit rien mais continue de caresser la main de Minh.

— Vous avez arrêté quand l'école ?

— Après la primaire. Comme mon mari.

— Et pourquoi ça ?

— Pourquoi je ?... Je ne sais pas, on n'a pas eu le choix. C'est comme ça dans ma famille depuis des générations, on m'a toujours dit qu'après avoir appris à lire et à écrire, j'irais travailler, c'est tout.

— Et vous ne pensez pas que vous auriez pu en décider autrement ? Que vous auriez pu faire autrement ?

Minh est sonnée. Elle ne comprend pas bien ce que veut dire cette dame.

— Ce que je veux dire, c'est que... Quand on fait des choix disons plus... pertinents, la vie est plus facile après. Vous comprenez ? Là, ni vous ni votre mari n'êtes allés loin dans les études. Et disons que les personnes *comme vous*... Elles ont souvent tendance à boire plus et à être plus violentes, en fait.

— Et donc selon vous, c'est parce que je n'ai pas fait d'études que mon mari me frappe tous les jours ?

— Ce n'est pas ce que j'ai dit. Ce que j'essaie de vous dire, c'est que votre troisième bébé va naître dans des conditions difficiles, et qu'il risque de ne pas aller à l'école non plus.

— Je ne suis pas allée loin à l'école mais avant que Sang commence à boire, que l'on soit vraiment pauvres, je m'estimais heureuse. Et j'aime mes enfants, c'est tout ce dont ils ont besoin, ça et de manger à leur faim.

— Justement. Vous dites que votre fils a déjà des problèmes, vous n'avez pas peur que le bébé ait les mêmes ? Que votre mari le frappe ?

La femme en face d'elle lâche sa main et murmure : « Votre bébé mérite mieux. Vous pouvez lui offrir mieux et le protéger. À ce stade, si j'étais vous, je réfléchirais à des modes de médiation avec votre mari pour vous réconcilier, ou à l'adoption. »

Ce sont tous ces *mieux* qui marquent une rupture. Minh sort d'abord de la pièce, puis du bâtiment sans saluer la petite femme aux lunettes rondes. Elle reprend sa moto rouge cabossée en direction du district 4, refait le même chemin, double toujours aussi vite, se prend les mêmes coups de klaxon, mais cette fois elle sait qu'elle se séparera de son enfant dans un peu plus d'un mois.

Françoise, dans un bureau de police
de Hô Chi Minh-Ville, fin mars 1996

L'expression « se regarder en chiens de faïence » n'avait jamais été aussi appropriée qu'en ce jour. Françoise est assise à la gauche du petit bureau aux néons agressifs, sur une chaise inconfortable. À sa droite se tient un couple qui ne se regarde pas ; la femme est petite, avec des pommettes saillantes, l'homme est petit aussi et son nez droit et fin découpe son visage émacié. « Sa peau est si mate », pense Françoise.

C'est le moment de signer les papiers, et l'officier de police a une pile de paperasse devant lui. Françoise lit l'acte de naissance, on y donne les prénoms des parents, celui du bébé, la raison de la séparation. *Difficultés financières,* mentionne le papier de façon laconique. Le bébé est une petite fille en pleine santé née le 8 mars 1996 dans le district 4 de Hô Chi Minh-Ville, l'un des plus pauvres de la ville et qui borde la rivière. « Les maisons sont presque toutes faites de tôle là-bas », avait dit Monique à Françoise d'une voix teintée de mépris. Le 8 mars, c'est la Journée internationale des droits des femmes, Françoise n'est pas peu fière : sa fille aussi sera féministe, son destin est déjà gravé dans la pierre. Elle signe sans même regarder le contenu avec son stylo noir de prof, celui qui valide l'adoption plénière. Elle veut serrer dans ses bras le petit bébé aux yeux noirs et au visage rougeaud qui dort dans un couffin posé par terre, à côté du couple qui ne se parle toujours pas. Françoise est étonnée de la facilité avec laquelle se déroulent les choses en si peu de temps, c'était si compliqué ces derniers mois au Vietnam et voilà que ça y est, cette enfant est *à elle*.

Au moment de se lever, l'officier de police s'adresse à Françoise en français : « La mère voudrait vous dire quelque chose avant de partir. » La mère en question dit quelques mots en vietnamien, l'agent lui traduit : « Elle vous dit qu'elle est contente que ce soit vous qui adoptiez son enfant parce que vous avez l'air gentille. Et elle vous demande de prendre bien soin de Ngoc Linh. » Françoise, un peu hébétée, fait deux pas en avant vers Minh pour répondre, mais celle-ci recule brusquement et sort rapidement de la pièce sans regarder derrière elle, suivie de son mari hagard. Il n'y a plus que l'officier de police qui s'allume une cigarette, Françoise qui se tient toujours debout au milieu du bureau et le bébé aux yeux noirs dans son petit couffin.

***

— Allô Lila, comment ça va avec papa ?

— Ça va ! À part qu'il m'a fait du poisson aujourd'hui, j'ai pas aimé.

— Tu sais qu'il faut que tu en manges, c'est bon pour la santé.

— Oui, je sais. Maman, tu rentres quand ? Ça fait plus de trois mois. J'aime bien être avec papa et mamie, mais tu me manques.

— Eh bien justement, je t'appelle parce que tu sais, je vais bientôt rentrer... et avec une surprise, c'est officiel.

— Ah bon, c'est quoi la surprise ?

— Un bébé.

— Un bébé à piles ?

— Mais non, enfin ! Un vrai bébé, une petite fille, Vietnamienne comme toi. C'est ta petite sœur maintenant.

Aujourd'hui Ngoc Linh est morte, vive Linh.

***

Minh, Hô Chi Minh-Ville, août 1996

C'est *xa tôi vong nhân*[2] aujourd'hui au Vietnam, le jour où les âmes errantes sont autorisées par le Ciel à quitter le monde des ténèbres pour descendre dans le monde des vivants afin de les hanter. Minh a entendu qu'en Occident, les gens ont peur des fantômes. Ils auraient des idées vengeresses, avec des corps démembrés, des visages monstrueux et des mauvais sorts irréversibles qu'il faudra jeter sur les vivants. Ici, le fait que les âmes errantes descendent pour rendre visite aux vivants et les hanter ne fait peur à personne, au contraire : hanter veut simplement dire revenir pour saluer les êtres aimés, et quand les fantômes sont là, il est crucial de les honorer autant que possible.

Ça fait plusieurs jours que Minh s'affaire pour préparer la fête et ce matin très tôt, elle a déposé les offrandes sur l'autel dressé en plein air devant la maison : sur celui-ci gisent une soupe de riz répartie dans plusieurs petits bols, des maniocs cuits à l'eau, des bonbons, des grains de maïs soufflés, ainsi que du riz non cuit et du sel. Elle a pris soin

2. Fête de « l'Absolution des morts ».

de diviser la monnaie de l'enfer (de l'argent en papier destiné aux morts, comme l'argent officiel de l'au-delà) en de petites parts afin qu'il y en ait pour tout le monde.

***

Minh, sa mère, Sang, Lan et les deux enfants tiennent des bâtonnets d'encens qui se consument avec leurs mains jointes vers le cœur. Tous s'inclinent légèrement devant l'autel rempli d'offrandes pour exprimer leur gratitude, et une fois les bâtons entièrement consumés, le moment est venu pour la famille de faire flamber l'argent factice, et de jeter le riz non cuit ainsi que le sel dans l'air déjà enfumé.

Avant de manger, il faut faire une autre cérémonie pour les parents défunts devant l'autel des ancêtres qui se tient dans la pièce principale de la maison. Sur celui-ci, les enfants ont disposé du riz gluant et du poulet simplement cuit à l'eau, sans oublier un plateau de fruits. Une fois que l'encens commence à se consumer, Minh implore la clémence du Ciel envers sa grand-mère dont la photo austère trône sur le rebord de l'autel : elle ne voudrait pas que celle-ci, dans l'au-delà, peine à trouver le repos. Une fois l'odeur épicée de l'encens diffusée dans toute la pièce, une pensée étrange traverse Minh. Elle sait que Ngoc Linh n'est pas vraiment morte mais elle a la ferme impression qu'elle est là, dissimulée dans les volutes de fumée, et que maintenant qu'elle a bien mangé et qu'on a prié pour elle, il est temps pour elle de s'en retourner dans sa destination mystérieuse.

On dit que les âmes errantes, après *xa tôi vong nhân,* ne peuvent plus rendre visite aux vivants jusqu'à la fois suivante. « À l'année prochaine, Ngoc Linh », pense Minh en regardant la coque marron des mangoustans disposés sur le plateau.

Interlude

Ça fait des heures que Linh et Lila remplissent des sacs-poubelle d'objets en tout genre dans leur maison du Sud, direction l'énorme benne à ordures qui attend sur la petite place devant le portail rouillé. « Maman nous aurait tuées », pense Linh ; c'est vrai que Françoise détestait jeter et avait l'atroce manie de tout entasser, jusqu'à ce que leur fille cadette déboule dans la maison le temps d'un week-end et hurle que *c'est pas possible de garder toutes ces merdes, faut vraiment songer à faire un grand ménage dans cette baraque*. Françoise et Christophe se sont attelés à cette tâche vers la fin de leur vie, mais ce n'était jamais assez, leur maison était encombrée de souvenirs impossibles à jeter.

Linh comprend mieux aujourd'hui pourquoi elle avait en horreur cette accumulation d'objets. Il y avait d'abord la honte cuisante qu'elle ressentait quand ses amis venaient la voir, ceux-là mêmes qui avaient des maisons parfaites, immaculées et si incroyablement vides. Elle se demandait ce qu'ils pensaient à chaque visite : que c'était sale ? que la déco était moche, les bibelots rapportés de voyages poussiéreux et trop nombreux, les canapés en cuir noir trop sombres, les placards de la cuisine criards avec leur couleur jaune délavée ? Ado et plus tard, Linh trouvait sa maison chaleureuse mais approximative. La piscine, que son père avait construite, était approximative. La tonnelle, également bâtie par Christophe, l'était aussi, tout comme la connexion Internet, la gazinière, le toit de la terrasse qui fuyait et qui rendait le sol glissant par temps de pluie.

Il y avait aussi la peur de ne pas arriver à tout débarrasser quand ses parents seraient morts. À 10 ans, Linh pensait déjà à tout ça, elle se demandait comment elle et Lila pourraient vider la maison sans que ça leur prenne une année entière. Elle se dit que c'était certainement l'idée de la mort de ses parents qui devait l'effrayer plus qu'autre chose, parce qu'aujourd'hui, en remplissant les sacs-poubelle, Linh a envie de garder tellement d'objets qu'elle comble également l'intérieur de grands cartons dans lesquels elle fourre tout ce qu'elle ne veut jamais oublier.

Dans ces cartons gisent l'espèce de rond de mousse rapiécé et informe dans lequel sa mère plantait ses aiguilles à couture, un livre que ses collègues avaient confectionné pour son départ à la retraite, ses paquets de mouchoirs remplis de sable de ses voyages, et tant d'autres choses encore. Lila, elle, s'applique à rassembler les albums photos classés par année. Les deux sœurs se voient rarement, mais Linh est heureuse que sa grande sœur soit là aujourd'hui avec sa pince en plastique dans les cheveux et ses ongles rose fuchsia.

***

Quand Linh avait 25 ans, et qu'elle imaginait la mort de ses parents, elle se disait toujours qu'elle serait seule au monde quand ça arriverait. Se projeter entourée d'une famille en deuil, main dans la main avec Lila, lui semblait impossible en raison de leur relation que tout le monde qualifiait de difficile. « Elle n'est plus difficile, disait Linh, on n'est juste pas proches. » Ça faisait longtemps qu'elle avait tiré un trait sur l'idée d'une fratrie unie ; elle se disait qu'elle compterait sur sa famille choisie en cas de malheur et que c'était bien comme ça. Des années plus tôt, Linh disait à sa psy qu'elle comprenait enfin sa sœur et le dire fut un soulagement inouï, parce qu'en le disant toute sa colère d'enfant s'envolait. Quand elle pensait à toutes les écoles où l'on avait placé Lila sans rien lui demander, sa sœur jumelle quelque part aux États-Unis, la Ritaline et l'errance de diagnostic, Linh voulait appeler sa grande sœur, lui demander pardon et lui dire que même si c'est trop tard pour toutes les deux, il faut maintenant *regarder autrement.* Elle n'a jamais appelé Lila pour lui dire, mais elle appelle Noah une fois par semaine, comme s'il cristallisait le pardon et des liens renouvelés.

En raison de l'éclatement final de sa famille nucléaire quand Christophe est mort, puis Françoise, Linh pensait qu'elle n'aurait pas cette possibilité de faire groupe dans le chagrin, et qu'elle devrait s'occuper de tout toute seule : le notaire, l'héritage, les obsèques, faire le vide, tout lui semblait être une entreprise esseulée. Pourtant, à la crémation pendant que le corps de leur mère cramait, Linh et Lila se sont tenu la main, et après, il a fallu sécher les larmes d'enfant de Noah, accroché à son père. « On commence quand à vider la maison ? » a demandé Lila.

***

Au bout de quelques heures de tri dans la grande véranda qui avait fini par servir de débarras, Linh sort d'une boîte en bois verni un tas d'enveloppes ouvertes. Elle s'apprête à les jeter quand elle voit qu'elles sont toutes affranchies de timbres étrangers ; l'une d'elles est datée de 2010 et est signée par son autre mère, Minh. Elle la parcourt rapidement et voit que celle-ci demande des nouvelles de sa fille, de l'argent aussi. Les autres lettres, toutes soigneusement pliées dans leur enveloppe, racontent sensiblement la même chose. Linh devrait être en colère, mais elle n'en a pas la force. Le chagrin mobilise toute son énergie et le ressentiment est une émotion qui aurait un goût risible aujourd'hui, alors elle garde le silence sur la trouvaille qu'elle vient de faire et range toutes les lettres dans un carton à souvenirs en se disant qu'elle les lira plus tard.

« Linh, regarde », lâche Lila en plein tri d'une boîte à bijoux en argile que Linh avait confectionnée pour une fête des Mères. « Regarde ce que je viens de retrouver, c'est à toi, non ? » Lila lui tend un minuscule Bouddha en jade vert que Linh pensait ne jamais revoir. Elle le saisit alors en silence, et triture la matière glacée sous ses doigts avant de le poser délicatement dans le carton au milieu des lettres de Minh.

***

Alma n'a jamais cessé de fumer ses Vogue Pastel et en tend une à Linh d'un geste quasi automatique, comme il y a plus de dix ans. Celle-ci la refuse poliment d'un geste désinvolte de la main, « je fume plus, dit-elle, sauf quand j'ai vraiment besoin ». Alma lui sourit et lui répond que c'est peut-être le cas aujourd'hui.

Linh accepte la cigarette et rit de la scène qui se déroule sous ses yeux, telle une narratrice omnisciente qui assisterait en surplomb à sa propre vie : deux lesbiennes, l'une vietnamienne, l'autre blanche, assises au milieu des tours d'Olympiades dans le 13e arrondissement de Paris où des ados font du skate, une cigarette de bourgeoise dans une main et un bubble tea dans l'autre. Elle aurait pensé qu'Alma lui proposerait d'aller dans un bar ou un restaurant, mais non, elle lui a tout de suite dit de la retrouver là au milieu du béton et des enseignes de karaoké qui n'ont pas bougé en plusieurs décennies.

— Merci de m'avoir pris sans tapioca, dit Alma, je le digère plus.

— Je m'en suis doutée. C'est parce que t'es blanche, c'est sûr.

Alma rit mais son fou rire se transforme progressivement en sanglots étouffés. « Je suis tellement désolée, Linh. Tellement désolée. » Celle-ci ne sait pas quoi répondre. Elle ne sait pas vraiment pourquoi Alma est désolée, est-ce parce que sa mère est morte, parce qu'elle est émue de la revoir, parce que tout a un goût de *trop* au milieu des tours d'Olympiades ? Linh lui demande en tirant sur sa Vogue si elle est toujours lesbienne.

— Ouais, comme quoi. Tu te rappelles comme on avait peur au début ?

— C'est clair.

— J'imagine que toi aussi. Ta bague de pouce est énorme, t'aurais dû la choisir plus grosse encore.

Linh a envie de rire et elle s'en veut d'en avoir envie, c'est juste que ces retrouvailles sont si absurdes qu'elle est obligée de rire. Elle trouve qu'Alma n'est vraiment plus *petite* pour ce monde comme elle disait quand elle avait 22 ans, et elle est fière d'elle. Alma enchaîne avec sa question à elle : « Tu te rappelles, y'a longtemps, tu disais que quand tes parents mourraient, ce serait atroce, mais tu n'arrêtais pas de répéter que tu aurais la force de te relever parce que tu serais prête. Est-ce que tu es toujours prête ? » Linh pense à tous les objets qu'elle a gardés dans ses cartons, à ceux qu'elle a jetés dans la grande benne, et à la sensation de boucle qui se ferme quand elle et Lila ont contemplé le salon vidé de tous ses meubles.

Elle se dit que chaque démolition, chaque destruction, chaque anéantissement est finalement une forme de voie de sortie, et que c'est cette forme d'abolition qui lui fera tout *recommencer*. Linh se souvient de cet automne 2021, quand des milliers de fleurs violettes sont apparues au milieu de rien dans le désert d'Atacama, l'un des plus arides au monde. Ça l'avait subjuguée.

« Je suis toujours prête », dit-elle en mâchant son tapioca avec application. « J'ai encore des graines à semer », et elle balance sa Vogue Pastel dans le caniveau.

II

« Je chéris cet océan de mélancolie qui habitera mon cœur pour toujours »

Mai, *Về*

Linh, dans les vestiaires du lycée, années 2010

Je regarde en coin mes copines se mettre en maillot dans les vestiaires qui sentent le chlore. J'adore cette odeur, ça me rappelle quand j'allais à la natation deux fois par semaine après l'école, le trajet de trente minutes en voiture pendant lequel je m'assoupissais, ma mère qui me chuchotait « On est arrivées ». L'odeur du chlore était pour moi le signe sensoriel qu'il allait falloir recommencer le même rituel : maillot, chignon, bonnet qui serre, lunettes qui font une drôle de tête et passage dans la pataugeoire tiède pour se laver les pieds avant de plonger dans le grand bassin de la piscine municipale, au milieu des immenses moniteurs qui parlent fort et qui font un peu peur.

Au lycée, je n'aime plus nager, du moins pas avec les autres. Je n'aime pas les trois garçons de ma classe qui jouent les caïds et nous terrifient, nous les filles. Ils nous traitent de putes, matent nos culs quand on va au tableau et m'appellent *la Chinoise*. Je n'aime pas me mettre en maillot devant eux et je préfère parfois dire à la prof que j'ai mes règles afin de ne pas avoir à nager, mais je ne suis jamais la seule : toutes les semaines du second trimestre de cette année-là, un tas de filles soi-disant indisposées s'aligneront sur les bancs de la piscine.

En même temps, les jeudis après-midi sont les jours où je peux les regarder. Je le fais en cachette, j'aime regarder les filles mais j'ai honte de le faire. J'observe leurs seins blancs, ronds et fermes, souvent tellement plus gros que les miens qui sont si petits, leurs fesses rebondies, leurs hanches qui s'élargissent ; certaines n'en ont rien à foutre et se déshabillent devant toutes les filles de la classe en riant. Celles qui le font sont en général celles qui se douchent nues dans les vestiaires après le cours de natation ; moi, je suis incapable de faire l'un ou l'autre. J'enlève en général mes chaussures puis mes chaussettes avant de m'enfermer dans des toilettes individuelles pour enfiler mon maillot Decathlon distendu et abîmé par le sel, que je garde ensuite pour me laver.

***

J'ai toujours eu un train de retard concernant la mode. J'étais déjà à la ramasse au collège, et ne comprenais jamais comment mes copines *savaient*. En sixième, quand les Converse étaient les chaussures qu'il fallait avoir, j'en avais demandé une paire à mes parents parce que Safia en avait déjà deux et que « c'est de la marque ». Tout ce que j'avais pu avoir était une paire d'imitation dans un magasin de déstockage de grandes marques situé à Pérols. Quelle que soit la mode du moment, j'étais soit en retard soit complètement à côté de la plaque. Les vestes à capuche et à motifs emo au collège ? Deux mois de retard. Les sacs Vanessa Bruno de bourgeoise ? Trop chers. Les pantalons slim de couleur vive que toutes mes copines avaient en cinquième ? Toujours moches et mal taillés sur moi, à cause de mes hanches inexistantes et mes fesses plates.

Alors quand Victoria, la nouvelle de ma classe de seconde riche et sophistiquée, commence à m'accorder des miettes d'attention, je redouble d'efforts pour être à la hauteur. J'admire son style qui se veut décontracté, ses manières qui semblent innées alors qu'elles ne sont que le résultat de la fortune de son père, et ses blagues qui fusent toujours au bon moment et au bon endroit. Quand je me rends pour la première fois chez Victoria pour faire un exposé d'éducation civique, je ne sais pas comment m'habiller, parler ou me tenir dans son immense appartement arrangé avec goût par sa mère qui se dit décoratrice d'intérieur. Il arrive parfois que Victoria organise des après-midi avec toutes nos amies pour se débarrasser de vieux vêtements, et nous nous jetons toutes comme des rapaces sur ce qu'elle ne veut plus porter et qu'elle nous tend avec un mélange de dédain et de compassion. Ma meilleure amie de lycée, Tessa, a un père qui nettoie les jardins publics de Montpellier et une mère qu'elle ne voit plus. Victoria lui dira sans cesse combien elle l'aime parce qu'elle mène une vie simple.

Françoise, dans le jardin du Sud, années 2010

Ça fait des heures que Christophe, Françoise, Lila et Linh s'activent comme des petits soldats dans le grand trou creusé par une machine et qui est censé être une future piscine. Le sol de leur terrain du Sud est si aride et rocheux que le bras de l'immense pelleteuse s'est presque cassé en perçant le sol ; l'ouvrier est parti, il faut continuer sans lui.

Chaque membre de la famille a un rôle bien spécifique dans ce ballet d'outils et de terre qui vole : Christophe casse toutes les roches afin de les réduire en petits morceaux, que les filles ramassent et mettent dans des seaux. Françoise est chargée d'entreposer ces petits cailloux sur une grosse pile en bordure de l'allée menant à l'entrée de la maison.

En s'adonnant à cette tâche, Françoise observe son mari, sa bedaine, sa petite queue-de-cheval et son dos au bronzage de personne qui est restée trop longtemps au soleil sans protéger sa peau. Elle ne peut pas s'empêcher d'être frustrée et agacée par sa manie de toujours tout vouloir faire tout seul dans la maison, embaucher un ouvrier qui creuserait le grand trou avec sa pelleteuse était la seule exception tolérée par Christophe. Elle pense à la magnifique piscine de la famille de Marc, qui n'a pas eu à lever le petit doigt et à forcer ses enfants à foutre des cailloux dans des seaux pendant un mois et qui a seulement signé un énorme chèque comme la plupart du temps. « Mais ça coûte trop cher d'embaucher des gens qui font à ta place, dit toujours Christophe. Je sais le faire, pourquoi faire autrement ? » Françoise se dit toujours : « Parce que c'est mal fait et qu'on pourrait se le permettre. »

Elle se dit aussi que tout n'est que question d'habitude dans le fond. Quand on vient de la classe populaire, on a beau s'en extraire plus ou moins et faire partie de ce qu'on appelle la classe moyenne, il est difficile de *faire faire* par d'autres gens : Christophe et elle n'ont jamais eu cette habitude et ne s'y résoudront jamais à moins d'un cas d'extrême urgence, alors Françoise ne dit rien et continue d'entasser les cailloux sur la pile déjà immense. « J'en ferai un bassin avec des poissons, ça fera plaisir aux filles », dit Christophe. Le bassin demeurera inachevé et les roches ne bougeront en réalité jamais de leur monticule, formant une petite montagne silencieuse.

***

La piscine terminée est en train de se remplir lentement, mais Lila et Linh ne peuvent pas s'empêcher de patauger dans l'eau qui leur arrive jusqu'aux cuisses. Françoise est contente du résultat, même si elle trouve que certains détails sont encore un peu brouillons ; elle n'aime pas le fait que le liner bleu des parois soit plaqué et donne un effet gondolé parce que Christophe a oublié d'y placer un tissu spécial. « Ça fait un peu bidon d'huile », se dit-elle.

Elle est quand même satisfaite et se réjouit pour ses filles. Ce qu'elle ne sait pas encore, c'est qu'elles la délaisseront assez vite, que Linh la critiquera sans cesse (*pas assez grande, pas de beau mobilier autour de la piscine, trop à l'ombre*), et que tous les ans Christophe devra se battre avec des traitements de choc spéciaux parce que l'eau tournera au vert.

Minh, dans la maison bleu-vert, années 2010

Cher Monsieur, chère Madame,

C'est Monique qui m'a conseillé d'écrire cette lettre et qui se charge de la traduire. J'espère que vous allez bien et que Ngoc Linh se porte bien, qu'elle est en bonne santé et qu'elle travaille bien à l'école ?

Je sais que nous n'avons pas été en contact depuis l'adoption. Je vous écris pour vous donner des nouvelles : nous avons déménagé il y a quelques années et ne vivons plus dans le district 4, même si la maison existe toujours. Nous sommes maintenant très loin du centre de Hô Chi Minh, plus au nord. Je ne travaille plus dans une usine de textile mais dans des marchés, je fais des gâteaux de riz gluant et du jus de canne à sucre.

J'ai eu trois autres enfants après Ngoc Linh, deux garçons et une fille. Le petit dernier de 11 ans, Nhu, ressemblait beaucoup à notre fille quand il est né, il était comme son jumeau. Je suis sûre qu'ils se ressemblent toujours aujourd'hui. Il est très intelligent et a de très bonnes notes, mais comme ses autres frères et sœurs, il devra bientôt arrêter d'aller à l'école afin de travailler, car nous n'avons pas beaucoup d'argent même si nous nous en sortons mieux qu'avant. Nhu dit qu'il a envie de travailler avec des animaux.

C'est aussi pour solliciter votre aide que je vous écris cette lettre. J'ai vraiment honte de vous demander cela, mais je voulais savoir s'il vous serait possible de nous aider financièrement, nous et notre famille, afin que l'on fasse des petits travaux dans la maison. Le toit est très abîmé ainsi que le sol. Nous ne demandons pas grand-chose mais un petit coup de pouce nous serait d'une grande aide afin de vivre dans de meilleures conditions. Je ne peux pas demander à mes parents, qui sont décédés, et je ne sais pas vraiment vers qui me tourner.

Je comprends si cela n'est pas possible pour vous. Sachez qu'il n'y a pas un jour sans que je pense à Ngoc Linh, que je me demande ce qu'elle fait, si elle va bien, à quoi elle ressemble, si elle est heureuse. Ça me ferait plaisir d'avoir de ses nouvelles. Je l'aime de tout mon cœur et je vous remercie de bien vous occuper d'elle.

Minh

***

Ça fait toujours aussi mal quand Minh pense à la vieille Lan, morte il y a plus de deux ans. Elle pensait que ça passerait, tout le monde dit tout le temps ça, « qu'il faut juste du temps ». Il est vrai que les souvenirs et les bruyants éclats de rire de Lan s'espacent dans la tête de Minh. Mais quand ils ressurgissent, et ils ne préviennent jamais, elle est prise d'une sensation de manque si violente que c'en est insupportable. C'est même pire encore que lorsque sa grand-mère et sa mère sont mortes, parce que tout lui rappelle constamment l'absence de sa voisine, et c'est comme une énorme gifle à chaque fois : le petit tabouret désormais inoccupé devant lequel elle passe tous les matins pour aller au travail, l'odeur du thé au jasmin, et même le sel qu'elle met dans ses plats et qui la replonge dans leur journée ensemble sur la plage de Vung Tau. Sur son autel des ancêtres, Minh a laissé des feuilles de thé séchées pour que Lan n'ait jamais soif.

C'est Minh qui a lavé le corps de Lan avant la crémation. Elle s'est forcée à regarder en face ce que personne ne veut habituellement voir, à savoir un corps de vieille fripé, taché, abîmé par le temps et amaigri par la maladie. Lan était si rachitique à la fin. Elle ne pouvait plus manger toute seule et Minh la veillait pendant des heures afin d'anticiper ses moindres besoins ; parfois, elle mettait plus d'une heure à lui faire avaler cinq cuillères de soupe de riz. Quand Lan délirait, elle parlait des avions, des bombardements, de la guérilla et beaucoup de Ngoc Linh. « Tu n'aurais pas dû, Minh. Elle devrait être avec toi. » Minh ne répondait jamais, sauf une fois où épuisée par le fait d'avoir veillé à côté de la vieille une nuit entière, elle lui dit : « C'est toi qui m'as empêchée d'avorter, tu te rappelles ? Et si je peux nourrir ma famille dignement aujourd'hui, c'est parce que j'ai fait ce sacrifice à ce moment-là. » Lan s'était tournée sur sa couche pour se rendormir. Et puis le matin suivant, ses yeux grands ouverts et pourtant si vides parce que le néant était venu la prendre fixaient le plafond.

Minh se dit souvent que si Ngoc Linh la retrouve un jour, elle aurait aimé qu'elle rencontre sa vieille voisine.

Elle a le cœur éparpillé, comme les pièces d'un puzzle trop compliqué : un bout par-ci, un bout par-là, un morceau avec sa grand-mère, un autre avec Ngoc Linh et la vieille Lan.

Françoise, dans le Sud, années 2010

La lettre de Minh est posée bien à plat sur la table de la cuisine. Françoise l'a lue un nombre de fois incalculable, et a attendu que Christophe la parcoure avant de la laisser comme ça, dépliée sur la nappe cirée. Son mari n'a pas vraiment montré une quelconque émotion, il a juste dit qu'il serait important de lui répondre quelle que soit l'issue.

Tandis que Françoise relit les lignes une par une, des émotions violentes la traversent. Certaines le sont tellement qu'elle se dit qu'il est préférable de les taire à jamais, mais d'autres la taraudent : Pourquoi Minh a-t-elle eu d'autres enfants qu'elle n'a pas fait adopter ? Pourquoi leur demande-t-elle de l'argent si elle dit qu'elle a honte ? Les salaires de ses enfants ainsi que le sien ne suffisent-ils pas ? Qu'en est-il de son mari ?

Monique lui disait toujours qu'il arrivait souvent que des parents biologiques demandent de l'argent aux parents adoptants parce qu'ils pensent qu'ils roulent sur l'or, mais qu'il faut toujours refuser afin de ne pas créer un rapport de dépendance. Il est hors de question pour Françoise d'accepter ; ce n'est pas parce que Minh a accouché de sa fille qu'elle pense lui devoir quoi que ce soit.

Elle a du mal à avaler le « notre fille » du troisième paragraphe, elle bute sur les « Ngoc Linh » et ça lui écorche les yeux et le ventre de lire ça, mais elle ne le dit pas à voix haute car elle sait que c'est déplacé. Concrètement, Françoise n'a rien contre Minh. Elle pense seulement que c'est elle qui a séché les larmes de Linh quand elle pleurait, elle qui l'a nourrie, elle qui lui a appris à lire avant tous les autres enfants. « Linh est à moi », se dit Françoise, et ça la rassure de se le répéter.

***

Chère Minh,

Merci de nous écrire et de prendre des nouvelles de Linh. Elle va très bien et elle est en bonne santé, elle est juste asthmatique mais ce n'est rien de grave. Linh va bientôt rentrer au lycée, dans un des meilleurs de la région. Elle est la première de sa classe depuis toujours, ses matières préférées sont l'histoire et la littérature. Dans son temps libre, Linh adore aller au cinéma et dans des librairies. Elle lit énormément, parfois des livres de 300 pages en deux jours, et je dois l'arrêter sinon elle ne dort pas. Elle écrit aussi beaucoup d'histoires, parfois des poèmes même si elle dit qu'elle ne les trouve pas beaux.

Elle mange beaucoup et finit tout ce que nous ne finissons pas – et elle aime tout. Linh est très curieuse, elle comprend tout très vite, mais ses profs disent depuis l'école primaire qu'elle est trop réservée. J'espère qu'elle saura dépasser ce défaut dans le futur. Au collège, elle avait de très bonnes amies (elle n'aime pas trop être entourée de garçons), mais elle a un peu peur de ne pas en avoir au lycée. On sait qu'elle en aura cependant ! Sa grande sœur Lila, qui a trois ans de plus, est plus compliquée, nous avons des difficultés avec elle. Elle est une enfant turbulente, qui n'y arrive pas à l'école, et nous ne savons pas trop quoi faire.

Pour ce qui est de votre demande, nous craignons de ne pas pouvoir y répondre. Nous ne sommes pas riches sachant que mon mari ne travaille plus depuis quelques années, et l'argent qu'il touche de sa retraite n'est pas énorme. Nous espérons que tout ira bien pour vous.

Néanmoins, sachez que nous avons toujours dit à Linh que nous la soutiendrons si elle entreprend des démarches pour vous contacter et que son acte de naissance ainsi que les quelques photos que nous avons de vous sont à sa disposition. Il semblerait qu'elle ne soit pas prête pour le moment.

Françoise et Christophe

La différence avec Minh, c'est que Françoise n'enverra jamais cette lettre.

Linh, dans son lit, années 2010

J'ai fermé la petite moustiquaire qui tombe sur mon lit une place et je pleure depuis plusieurs heures. Je sens que mon énergie vitale me quitte peu à peu et que mon stock de larmes commence à s'épuiser ; c'est fou ce sentiment de n'en avoir plus assez. Il paraît que si pleurer fatigue autant, c'est parce que cette action mobilise un nombre impressionnant de muscles du corps.

Hier, j'ai appris par une de mes amies de collège qui est en seconde comme moi que mon premier copain Slimane a couché avec une autre fille pendant une soirée. « Linh, je te jure, tous ses potes en parlaient pendant la pause déj' », elle m'a dit. « Apparemment Slimane leur a dit que Lola était bonne, je sais pas quoi. Il était bourré, mais ça se fait pas. Tu mérites mieux. » Je ne savais pas qu'on pouvait avoir aussi mal, et je suis en plein dans le moment où on croit qu'on ne va jamais se remettre de ce mal qui nous dévaste de l'intérieur. La douleur et la déflagration intérieure sont des émotions tellement difficiles à décrire que le petit carnet où je couche mes pensées reste vide, même si elles se bousculent toutes dans ma tête comme des éclats de verre brisé qu'on forcerait à se recoller entre eux.

Slimane qui chante les Fugees avec sa guitare et sa voix de lover

Le baiser hyper long sur la plage d'Ostie, près de Rome pendant le voyage scolaire en 3^{e}

Celui tout aussi long mais un peu plus foireux dans le bus menant à l'Italie

Les après-midi pizza

Moi qui mens à ma mère quand je dors chez lui

Le tajine de la mère de Slimane et son thé à la menthe aux feuilles du jardin

Le premier cunni qui m'a donné un orgasme et cette pensée abasourdie qui me traverse : « C'est ça, un orgasme ? »

Me raser toute la vulve avant chaque fois qu'on se voit parce que les poils, c'est dégueulasse. Putain de patriarcat, me dirai-je des années plus tard

Slimane et moi, c'est le genre de premier amour pas terrible qui durera tout mon lycée et qui m'empêchera d'entrevoir *d'autres possibles.*

***

Comme je ne m'arrête toujours pas de pleurer – je pensais pourtant être proche de la fin du stock de larmes, mais il faut croire qu'il est conséquent –, ma mère a déboulé furax dans ma chambre. Je sais qu'elle s'apprêtait à me crier dessus et à me dire de me lever, mais j'imagine que la vue de sa fille roulée en boule dans le noir l'attendrit. Elle s'assoit alors sur le rebord du lit et caresse mes longs cheveux noirs.

— C'est quand qu'il a fait ça ? me demande-t-elle.

— Y'a genre un mois, à une soirée. C'est vraiment un connard de m'avoir menti.

Ma mère met du temps à répondre, elle finit par dire qu'elle préfère que je ne le voie plus.

— Tu sais, je pense qu'il n'était pas vraiment fait pour toi... T'en trouveras un autre beaucoup mieux.

— Ça veut dire quoi, ça ?

— Disons que, tu sais comment ils sont, dans *ces familles.*

Je me tourne côté mur afin de ne plus la voir. Je la découvre sous un nouveau jour que je n'aime pas.

Françoise, dans un Airbus A380, fin 2012

Il est minuit passé, l'avion qui fait Paris-Hanoï vient de décoller. Christophe, Françoise et Linh sont en chemin pour Hô Chi Minh pour la deuxième fois, sauf que cette fois Lila n'a pas voulu venir. Linh avait un peu plus de 11 ans la première fois qu'elle est retournée au Vietnam ; mais elle dit désormais à 16 ans que ses souvenirs sont flous et qu'elle a besoin de rendre leurs contours plus nets.

Françoise et son mari adorent l'avion. Ils aiment la pointe de peur qui se mélange à l'adrénaline à chaque décollage et atterrissage, les lumières de la ville qui clignotent en contrebas, et puis le vide. Ils admirent les hôtesses de l'air longilignes et bien habillées, et se disent qu'ils vont pouvoir se reposer hors du temps. Christophe dit toujours qu'il se demande comment de si gros engins peuvent décoller, la technologie aéronautique le fascine. Tout le cérémonial qu'il y a autour du fait de prendre l'avion – les portiques de sécurité, les énormes valises sur les tapis roulants, les haut-parleurs en salle d'embarquement – ne fait que grandir l'excitation de partir loin, très loin.

***

Les turbulences sont si fortes que tout le monde a l'impression de perdre plusieurs mètres d'altitude, ce qui est faux, elles ne peuvent pas faire chuter l'avion de la sorte. Le vin que Françoise est en train de boire gicle un peu partout sur le siège et les hôtesses déboulent dans les allées afin de demander aux passagers de relever les tablettes et rattacher leur ceinture de sécurité. « Mesdames messieurs, nous traversons une zone de turbulences importante. Merci de regagner vos places immédiatement. »

C'est à ce moment-là que Linh, le visage blême, se blottit contre Françoise.

— Qu'est-ce qu'il se passe, maman ?

— C'est rien, juste des turbulences.

— J'ai peur. Tu peux me tenir la main ?

La main en question est moite et tremble comme une feuille. C'est la première fois que Françoise voit sa fille aussi terrifiée, elle ne sait pas si elle doit lui parler ou la laisser tranquille, alors elle tente d'avoir un discours rationalisant pour la rassurer : « C'est rien, les turbulences. En fait, c'est quand des courants d'air froid et d'air chaud se croisent, et ça fait bouger l'avion. Mais c'est rien, c'est comme quand on est en voiture et qu'on passe sur une route cabossée, tu vois ? » Linh broie la main de Françoise. Celle-ci continue : « L'avion est énorme. Il est fait pour résister à tout, tu ne dois pas avoir peur. »

***

Françoise s'est assoupie et Christophe aussi. L'écran diffusant une comédie française médiocre s'est mis en veille et les lumières de l'avion sont coupées, on dirait que les turbulences se sont calmées. S'ils étaient réveillés et jetaient un coup d'œil au siège de Linh, ils pourraient voir que celle-ci se tient toute droite les yeux grands ouverts et ne bronche pas depuis des heures. Elle n'a pas touché à son repas, et met son film sur pause à la moindre petite secousse de l'appareil. Si les passagers étaient curieux et louchaient sur son écran, ils verraient que Linh affiche constamment une carte aérienne pour vérifier que l'avion n'est pas en chute libre.

Dans le ciel noir ce soir-là, Linh est mise en face de sa propre mort et de sa terreur de *tomber.* Sa phobie de l'avion ne la quittera plus pour la décennie suivante : pour elle, prendre l'avion veut désormais dire danger, et devient l'expérience physique la rapprochant le plus de sa finitude.

Minh, Saïgon (bientôt Hô Chi Minh-Ville),
30 avril 1975

Si le bruit des bombardements a cessé depuis plusieurs heures, la petite Minh entend de façon incessante les hélices des hélicoptères américains désertant la ville. Depuis son district 4, elle ne voit pas que depuis midi, des tanks brandissant des drapeaux rouge et bleu envahissent les rues de Saïgon éventrée par la guerre. Tout à l'heure, elle a entendu sa mère dire que les Nordistes rentraient dans la ville et que la guerre était finie. Elle ne sait pas vraiment ce que ça veut dire, la fin de la guerre, elle sait que ses parents n'ont presque connu que ça mais elle voit qu'ils n'ont pas l'air particulièrement soulagés, au contraire. « C'est bizarre, pense-t-elle, ils devraient être contents, on va mieux dormir maintenant qu'il n'y aura plus de bombardements et de couvre-feu. » Sa mère a l'air inquiète, elle le sait parce qu'elle fronce les sourcils très fort et que la ride qui barre son front semble encore plus marquée que d'habitude.

Elle dit que des gens sont en train de monter par milliers dans des hélicoptères qui les emmènent loin, en France, aux États-Unis, au Canada, que d'autres, pris par la panique et la peur, vont bientôt prendre la mer et se jeter sur des bateaux remplis de gens à ras bord. À cette époque, on ne les appelle pas encore les *viêt kieû,* mais ça ne saurait tarder. La mère de Minh les traite de lâches et de privilégiés. « On va partir nous aussi, maman ? » lui demande Minh. Sa mère lui répond que non, qu'ils n'ont pas les moyens et qu'ils vont rester ici tous ensemble dans la maison du district 4. Les yeux d'enfant de Minh sont encore trop neufs pour mesurer entièrement le chaos qui imprègne la ville où elle est née, mais elle peut renifler la peur à des kilomètres à la ronde.

Les dix premières années de la vie de Minh ont été dictées par les interdits. Elle a intégré depuis toujours que des choses basiques de l'enfance lui sont interdites, mais elle n'a jamais compris *pourquoi.* Elle en veut aux adultes qui l'entourent de lui refuser autant sans jamais rien lui expliquer, elle leur en veut d'avoir installé la peur en elle. Celle-ci a fini par prendre le dessus sur la joie, celle qu'elle expérimente encore de façon décousue et disparate, mais n'est-ce pas le propre d'une enfance dans un pays en guerre qui la touche de loin tout en étant si proche ?

La guerre est toujours latente quand on est petite comme Minh, et pourtant elle colonise tout – à commencer par l'esprit de ses parents qui lui transmettent toute leur peur malgré eux. En dix ans d'existence, elle ne les a jamais vus vraiment sereins, sûrement parce que leur vie a toujours été rythmée par l'instabilité du pays et les désirs d'envahisseurs étrangers. Il n'est pas normal d'entendre des mots tels que *bombes, napalm, couvre-feu* quand on est gosse, mais la normalité d'une enfance dans un pays tel que le Vietnam à cette époque ne peut qu'être relative.

Le 30 avril 1975, jour de réunification du Vietnam marqué par la chute de Saïgon, Minh et sa colère d'enfant refusent un changement de plus, y compris le fait que le nom de la ville où elle est née devienne Hô Chi Minh-Ville. Elle ne sait même pas qui est ce vieux barbu que les Nordistes semblent aduler. Elle espère qu'elle n'aura jamais à quitter leur maison du district 4, même si elle aurait besoin de travaux, et elle exige du haut de ses 10 ans que certaines choses ne changent jamais, comme le goût des *bánh ướt*[1] de sa mère.

Linh, au restaurant Than Long, années 2010

J'engloutis une assiette de *banh cuôn*[2] en silence pendant que les autres personnes attablées parlent sans jamais s'arrêter. « Toute cette bouffe, c'est génial », me dis-je. Ça fait si longtemps que je n'ai pas mangé dans un restaurant vietnamien – et je ne parle pas de ces buffets à volonté « asiatiques » où mes parents m'emmènent – que je suis un peu émue et j'ai juste envie de me concentrer sur le goût des champignons noirs dans ma bouche et d'oublier ma khôlle de latin du lendemain. Je viens de rentrer en classe prépa après avoir obtenu mon bac L avec mention très bien, et j'ai un nouveau copain, Helio, qui est tellement plus gentil que Slimane. Ce soir, c'est l'anniversaire d'une autre fille adoptée avec qui je faisais de la danse il y a plusieurs années, Dora. On ne danse plus aujourd'hui et cô Loan a déménagé, personne ne sait d'ailleurs vraiment où ; j'ai donc peu de possibilités de me comprendre parce que toute ma petite bulle vietnamienne s'est peu à peu effritée.

1. Version centriste et sudiste des *banh cuôn*.
2. Crêpes vietnamiennes fourrées au porc et champignons noirs, originaires du Nord du Vietnam.

Autour de la table sont assis les parents de Dora, les miens, et enfin ceux de Lara et Vincent, d'autres copains d'enfance. On voit deux mondes apparaître, celui des pièces rapportées ramenées en France, et celui de nos parents blancs. Entre ces deux mondes se trouve le père de Lara qui est vietnamien mais qui est quand même son père adoptif. J'ai toujours été un peu jalouse de Lara pour cette raison, elle au moins, elle a la chance d'avoir un parent qui lui ressemble, de manger régulièrement vietnamien chez elle et de parler quelques mots de sa langue. Elle m'apprend quelques gros mots mais je les oublie vite. Et puis le père de Lara est spécial ; spécial comme quelqu'un qui est né dans un camp de réfugiés de *boat people*.

Je sens le regard insistant des clients du restaurant se poser sur notre tablée ; c'est toujours étrange pour les gens de voir des parents blancs avec des enfants qui ont en général l'air bien plus jeunes qu'eux. Quand je suis retournée pour la première fois au Vietnam, c'était encore pire, mes parents n'arrêtaient pas de répéter en riant que les gens pensaient peut-être qu'on m'avait kidnappée.

***

Tching
Tchang
Tchong

sont des syllabes que j'entends depuis que je suis si petite que je ne me souviens même pas de quand ça a commencé, c'est presque devenu une petite chanson qui hante mon espace public, alors quand j'entends des gamins nous appeler comme ça dans le tram de retour, moi, Lila, Lara et Dora, je ne réagis même plus. Nos parents sont loin dans la rame et n'entendent pas parce qu'ils ont quelques verres de vin dans le nez, mais nous ne sommes même pas sûres qu'ils diraient quelque chose. « Quelle bande de bouffons. Dégagez, y'a rien à voir », crie Lara.

J'admire sa hargne, moi qui ne me sens pas capable de me défendre parce que je suis paralysée par la peur et la honte. Ma façon à moi de me protéger de ce monde sur le moment, c'est de mettre ma paire de lunettes de soleil qui dissimule mes traits différents afin qu'on ne me voie plus, tout en me disant que je vais arrêter de traîner en public avec des gens qui me ressemblent. Je choisis l'effacement.

Linh, chez Paul, années 2010

J'ai toujours voulu avoir un amour de vacances. Mes parents n'ont jamais voulu nous envoyer en colo, que ce soit Lila ou moi, et j'étais jalouse à chaque fois que mes copines de collège revenaient de leur semaine de colos respectives en racontant leurs histoires avec untel ou un autre, les slows dans des granges et les Chamallow grillés au coin du feu. Je vivais vraiment dans la romance, dans la mélancolie aussi. L'idée d'un amour de vacances me transporte directement dans une grande maison en pierres qui ressemble un peu à celle de Paul.

Paul est un peu ma romance platonique, sauf qu'il est rare qu'on revoie son amour de vacances tous les ans. Presque chaque année, ma famille prend la voiture et traverse toute la France pour se rendre chez la famille de Paul près de la côte atlantique, puisque plus personne ne va à Tournecoupe depuis que les proprios du gîte ont vendu. Il se peut que l'inverse arrive, mais je préfère y aller : tout est tellement mieux là-bas. Ils vivent dans un domaine si grand qu'il porte un nom propre sans numéro de rue à noter sur les enveloppes des cartes postales, il y a un poney, un âne et des poules qui pondent des œufs, et la mère de Paul ne va presque jamais au supermarché faire les courses. « On a tout dans le potager, et je ne veux que des bons produits », dit-elle toujours. Quand c'est le moment de faire une balade dans les marais, tout le monde a son propre vélo, ce qui m'a toujours impressionnée, tout comme le fait que la famille de Paul ait une maison en Martinique et une autre en front de mer à Fromentine, une petite station balnéaire vendéenne.

Il y a quand même des choses que je n'aime pas quand on va chez Paul. Je déteste voir Martine, sa mère, s'activer seule dans la maison et apporter un café à Marc qui lit son journal tous les matins sur l'immense canapé en cuir du salon avant de partir bosser dans sa boîte dont il est le PDG. Je n'aime pas quand Marc me traite de meuf *bling-bling* parce que j'aime bien la ville, les musées, les concerts et les sorties en boîte. Je n'aime pas non plus quand les parents de Paul disent que certains quartiers de Nantes commencent à grouiller de racailles. Ça me fait mal aussi de voir mes parents essayer d'inviter tout le monde au restaurant et de voir Marc dégainer sa carte bleue en disant d'un geste de la main : « Laissez, on sait que c'est plus facile pour nous. »

Je crois que ce que j'aime par-dessous tout, c'est de pouvoir être une personne que je ne suis pas vraiment le temps des vacances. C'est les araignées de mer au déjeuner, la pêche à pied au passage du Gois pendant les heures de marée basse, les nuits dans la tente pendant la grande canicule de 2003, l'abbaye du village, le soleil qui se couche plus tard à l'ouest. C'est d'être avec Paul que j'aime plus que tout.

***

— Linh, arrête de fumer, tu vas avoir un cancer.

— T'es si chiant. Laisse-moi m'amuser, c'est les vacances.

Je m'allume une clope que je viens de rouler en deux temps trois mouvements, attablée avec Paul à un petit bistrot de Fromentine. Ça nous arrive souvent pendant les vacances de nous réserver quelques moments à deux. J'ai commencé à fumer début seconde sur les marches de l'opéra de Montpellier avec Tessa, on achetait des Lucky Strike mentholées avec clic pour libérer l'arôme menthe. Au bar de Fromentine, je saisis ma pinte de bière et je dis :

— Regarde, toi aussi tu bois une bière, et je dis rien, alors que c'est de l'alcool.

— C'est pas la même chose. Déjà, je bois presque jamais parce que je tiens pas. Ensuite tu te crois stylée à te fourrer un bâtonnet dans la bouche ? Si t'y réfléchis deux secondes, c'est absurde ce geste.

C'est vrai que c'est absurde ; je m'imagine que je mets la petite branche d'un arbre dans ma bouche tout en tirant dessus et ça me fait rire, alors je recrache un peu de bière sur la table. « Ah, t'es dégueulasse ! Dégage ! » hurle Paul. Notre relation a toujours été un mélange de taquinerie et de protection. On ne sait pas vraiment s'il s'agit de fraternité, d'amour, d'attirance sexuelle, d'amitié, ou un peu tout ça à la fois.

En même temps, nos parents nous matraquent le cerveau depuis que nous sommes en âge de parler avec l'idée d'une histoire éventuelle. « Vous allez si bien ensemble, vous êtes si beaux, vous avez les mêmes goûts, vous feriez un couple magnifique », et nous enrageons à chaque fois que le sujet est amené. Je refuse de l'entendre pas parce que je n'aime pas Paul, mais parce que j'aurais l'impression d'être avec mon frère. Je suis à peu près sûre que c'est pareil pour lui.

***

Nos deux corps fébriles s'enlacent et c'est comme si un feu nous consumait. On voudrait s'embrasser, s'absorber, mais nous sommes incapables de parler à la chair de l'autre, nous ignorons comment ravaler la boule de désir violente qui naît au creux de nos ventres pendant cette nuit-là. Nos mains se touchent et nos bouches s'effleurent, il y a des mèches de cheveux noirs partout. Je veux me noyer dans la respiration saccadée de Paul ; je lui demande s'il veut retourner dans sa chambre, il me répond que non, et toute la nuit on se parle avec nos yeux. C'est étrange comme deux corps, deux êtres de chair se croisent le temps d'un instant sans jamais vraiment se rencontrer. Cette nuit-là, nous savons tous les deux qu'on pourrait puisqu'on le veut, tout en ayant l'impression qu'on ne peut pas et que l'on braverait un interdit terrible. Alors on ne fait pas. Cet interdit est celui que nous nous sommes imposé à nous-mêmes : depuis que je suis enfant, je me suis habituée à ne pas regarder les garçons comme moi, je répète toujours à mes parents qu'ils ne m'attirent pas et que je préfère les blancs. On dit d'ailleurs que les pénis des garçons asiatiques sont tout petits.

Cette nuit scelle notre *non-rencontre*. Le lendemain matin, nous avons déjà voulu tout effacer de notre mémoire marquée au fer rouge par cette nuit de détestation de l'autre et de soi-même. Je n'aime pas mes traits asiatiques alors il est hors de question que je les retrouve chez les garçons avec qui je suis, j'aurais l'impression qu'on me tend un miroir pour me regarder. On se rate volontairement avec Paul, alors nous reprenons la vie là où nous l'avons laissée, et on se passe le pot de confiture à table l'air de rien.

Minh, Hô Chi Minh-Ville, années 2010

Juillet n'est pas le mois le plus favorable pour un mariage, et ça énerve Minh de passer des heures à tout préparer alors que tout sera potentiellement foutu à cause d'un orage de mousson. Sa fille aînée, Kim, a les cheveux épais, et contrairement à ceux de sa dernière fille qui sont raides comme des baguettes, les siens frisottent avec l'humidité. Le jour de son mariage, son visage rond comme celui d'une enfant est donc auréolé de petites boucles qui lui donnent un air un peu ingénu. Minh ne sait pas si elle trouve ça mignon ou ridicule.

Elle n'aime pas vraiment le futur mari de sa fille. Il lui fait penser à Sang, avec son corps d'échalas et son visage tout émacié. Ses dents de devant sont de travers, mais on les voit rarement puisqu'il ne sourit jamais. Minh ne se souvient plus comment les deux se sont rencontrés, était-ce à l'usine où ils travaillent tous les deux ? Kim est simplement rentrée un soir avec lui, en lâchant « c'est mon petit ami ». Et puis quelques mois plus tard, Minh et Sang lui ont dit « il faudrait que vous vous mariiez ». C'est ce qu'ils font donc en ce jour de mousson, se marier, sans grande conviction, mais se marier quand même.

Une grande partie de la famille de Sang, que Minh n'aime pas, est présente pour faire des cadeaux qui sont comme des offrandes à celle de la mariée. Ils ont apporté des gâteaux, des fruits, du vin, du thé et des feuilles de bétel roulées, et Kim porte un *ao dai* rouge, comme le veut la tradition.

Quand les deux mariés font leurs prières devant l'autel des ancêtres afin de demander la permission de leur union, Minh a du mal à se concentrer. Elle n'est pas vraiment là ; elle n'arrête pas de se demander ce que penserait Lan de ce mariage. Elle l'entend pester que le mari de Kim est un bon à rien qui a l'air d'être un mauvais coup, et que son « trésor », comme elle appelait la fille aînée de Minh, mérite mieux. « Est-ce qu'elle a fait ce choix parce que j'ai fait le même sans vraiment le faire à son âge ? » se demande Minh. Elle sent la culpabilité l'envahir et se concentre de toutes ses forces pour chasser ces pensées négatives qui risqueraient de porter malheur aux jeunes mariés.

***

Une partie du voisinage a rejoint les deux familles pour festoyer autour des grandes tables que Minh a dressées dans les petites allées du quartier. Les classes moyennes et les bourgeois de la ville assurent en général cette partie de la fête dans des hôtels spécialisés, mais il n'était pas possible de dépenser autant d'argent. Tout le monde semble quand même s'enchanter des plats que Minh a confectionnés avec soin, ce qui la satisfait : grâce à ses talents culinaires, même sans beaucoup d'argent, elle est en mesure d'offrir un repas de mariage digne de ce nom à sa fille. « Je cuisine bien, on ne peut pas me l'enlever. » Elle observe les gens présents, tout le monde a l'air content ; pince le bras de son cadet qui mange comme s'il mourait de faim. « C'est pas possible de manger autant, on dirait que t'as manqué ! » Son regard attendri se pose sur Kim, attablée à côté de son mari. Les deux portent désormais leurs anneaux, et les cheveux de sa fille frisent toujours un peu. Elle mange avec appétit et rit aux blagues de ses beaux-parents ; « c'est ça alors, le bonheur ? » se demande Minh.

***

Un orage de mousson éclate soudain, faisant gronder le tonnerre au loin. Les invités se lèvent d'un bond afin de rentrer les plats, « vite, ça va être gâché ! », on assiste d'un coup à un ballet de gens excités qui crient et qui rient en même temps sous la pluie. Minh se plaît à penser que cet orage est la manifestation de la présence de sa grand-mère, de Lan et de Ngoc Linh à la fois, celles avec qui elle est sans vraiment l'être et qui devraient être ici.

Françoise, les Vosges, années 2010

Le visage de Claudine est comme crispé dans un rictus éternel qui détonne avec l'expression rieuse qu'elle arborait de son vivant. Françoise la trouve laide, défigurée, méconnaissable. Une bouffée de colère l'envahit, elle voudrait aller dire deux mots aux croque-morts – est-ce comme ça qu'on dit encore à cette époque ? –, qu'ils ont fait un boulot de merde. « Le but dans le fait de laver et de maquiller les morts, c'est de leur rendre hommage, pas de les trahir », chuchote Françoise à Christophe. Celui-ci n'a pas pleuré une seule fois, ni son faux jumeau, quand il a vu le corps de sa mère dans son cercueil matelassé, ni quand il a appris qu'elle était enfin morte après des semaines à délirer dans son lit. Françoise ne sait pas si le fait que son mari ne pleure jamais est la manifestation d'une virilité mal placée, ou s'il est objectivement incapable de produire des larmes malgré le déchirement qu'il ressent en lui ; parce qu'elle le sait, Christophe vient de perdre une de ses fondations.

Lila est venue dire au revoir à Claudine, mais Françoise pense qu'il est plutôt question de curiosité quant aux visages qu'ont les morts. Linh, elle, est restée dehors, sur la petite place de la chambre funéraire. « Non, je veux garder un beau souvenir d'elle et l'entendre rire quand je pense à elle », a-t-elle dit. C'est le premier deuil que les filles de Françoise vivent vraiment ; quand son père à elle est mort, elles étaient si petites. Elle se demande comment ça va se passer, Lila n'a pas pleuré non plus, Linh si, pendant une soirée entière, jusqu'à ce qu'elle descende les escaliers de la maison le visage tout propre et les cheveux en ordre en disant : « Ça va mieux. »

Le calme et la sérénité dont elle semble faire preuve surprennent Françoise. Autant Lila a la réputation d'avoir la peau dure, autant Linh est le cœur tout mou de la famille. Elle s'émeut pour tout et pour rien, et pas forcément quand elle est triste, il suffit qu'une émotion intense la traverse, qu'une phrase d'un de ses livres préférés l'éblouisse pour qu'elle pleure *parce que c'est beau.* Alors quand elle la voit si calme pendant la messe à l'église, sur la place avant la mise en bière, et devant le cercueil devant la tombe encore vide, elle qui a horreur des cimetières, elle est plus qu'étonnée. Est-ce parce que sa fille et Claudine n'étaient pas si proches, ou est-ce le déni et le choc de la nouvelle ? Quand le cercueil descend dans le sol, une pensée lui traverse l'esprit, celle du visage méconnaissable de Claudine grignoté par des vers, et elle se dit que c'est vraiment bizarre de ne pas avoir choisi la crémation.

Linh, sur l'esplanade devant le lycée, été 2014

Je suis complètement dépassée quand tous mes amis de prépa et de lycée, assis en cercle autour de moi, explosent à la vue du petit écran qui affiche en vert : ADMISE. Je suis ébahie quand ils me lèvent et me soulèvent avec leurs bras comme une reine qu'on célèbre en hurlant que je l'ai eu, que c'est génial, que ça va être génial. « Je l'ai eu », je pense. « *Je l'ai eu.* »

« Tu te rends compte ma chérie, Sciences Po Lyon, t'es la meilleure, on t'aime ! » crie ma mère en sanglotant d'émotion au téléphone. L'entendre me féliciter vient valider mon envie d'exploser de joie, même si je vois qu'à la fierté se mêle la tristesse dans les yeux d'Helio que je ne pourrai plus voir tous les jours. « Je reviendrai souvent, promis », je chuchote quand il me serre dans ses bras.

Helio est tout pour moi à ce moment-là, mon meilleur ami, mon amoureux, le mec avec qui je fais mes devoirs, tout. Il est devenu le *curseur* qui définira ma future vie amoureuse hétérosexuelle, mais ça je l'ignore encore. Après lui, je choisirai soit des mecs gentils et solides comme lui, soit des hommes qui me feront du mal.

Pour avoir le concours, j'ai activé le mode machine de guerre le temps de trois semaines. Il était hors de question que je revive l'échec vécu après ma terminale – quand j'ai raté Sciences Po une première fois –, inenvisageable que je déçoive mes parents, impensable que j'échoue. Depuis que je suis gosse je ne m'autorise jamais l'échec, parce que je me dis que ma place ici, dans ma famille, en France, est conditionnée par ma réussite.

Pendant mes semaines de révision, je me suis oubliée, mais avec un calme olympien et arrogant, parce que je savais que j'avais une longueur d'avance sur tous les bébés de terminale que je pensais devancer sur tous les points. J'ai appris mes dates, les plans déjà tout faits, j'ai recopié les citations d'hommes blancs, puisque ce sont eux qu'on célèbre quand on apprend l'Histoire avec un grand H, j'ai pensé trois parties trois sous-parties jour et nuit et je me suis couchée à 22 heures la veille du concours dans la chambre de l'hôtel Ibis réservée par ma mère.

Le jour du concours, je regarde les autres candidats avec une rage teintée de mépris, exacerbée par la vue de certains d'entre eux qui se lèvent et rendent copie blanche devant le sujet d'histoire. Je les trouve indécents de ne pas essayer, j'ai du mal avec le détachement face à l'effort. Ce jour-là, je sais intimement que je vais réussir et que rien ne peut me faire flancher. Le jour du concours, j'avais besoin d'affirmer que moi aussi, j'avais ma place dans ce monde, plus que ces filles blanches à sac à main pour qui tout semble si naturel, plus que ce mec de ma classe de seconde qui m'a un jour dit que « tes bonnes notes, c'est parce que t'es Chinoise, vous êtes tous des tronches ». Je veux leur faire du mal et leur montrer que je suis la meilleure. Ce jour-là, c'est la première fois que j'ai des envies de revanche.

***

En automne, j'observe les vols d'hirondelles qui migrent vers d'autres territoires. Elles forment en général des traînées noires dans le ciel qui se meuvent avec une fluidité inquiétante, après être restées un long moment sur les fils électriques reliant les poteaux de la voie rapide en bas de mon lotissement. Quand elles se mettent à voler pour le grand départ, je me demande souvent si les plus jeunes suivent leur mère et vont dans la même direction, ou si elles partent pour vivre leur vie d'oiseaux indépendants en laissant leur génitrice derrière elles.

Quand j'obtiens ce concours, je comprends qu'il est temps pour moi de déserter mon fil même si ce n'est pas encore l'automne, et que je suis prête pour vivre ma vie de Linh.

Minh, au marché, quelques années avant 2020

Minh regarde avec défiance sa voisine d'emplacement au petit marché où elle travaille, celle qui s'appelle Anh Dào et à qui elle n'a jamais parlé. Ce matin, celle-ci a vendu beaucoup plus de jus de canne à sucre qu'elle, et elle doit admettre que ça l'énerve. « Tout va bien, je me rattrape avec les gâteaux de riz », se répète-t-elle pour se rassurer.

Elle est quand même énervée, vu tous les efforts qu'elle fournit. Elle se demande si sa voisine vend plus parce qu'elle est plus jeune et plus belle. Ça fait très longtemps que Minh ne s'est pas sentie belle, elle a du mal à se pencher sur la question et perçoit son corps comme une enveloppe matérielle vis-à-vis de laquelle elle se sent très neutre. Depuis la naissance de sa dernière fille et de son fils cadet, cette neutralité n'a fait que s'accroître, malgré le dos fatigué qui se voûte légèrement, le ventre gonflé en permanence, les rides du coin des yeux qui se creusent. Cette non-conscience d'elle-même tranche avec la dureté dont elle fait preuve envers Kim : « Tiens-toi droite, tu devrais faire un régime, tu as grossi, mange moins. » Elle ignore pourquoi elle est si virulente à son égard ; est-ce parce qu'elle la voit devenir comme elle ?

C'est le mari de Kim qui inquiète Minh. Elle le trouve méchant avec elle depuis qu'elle a eu un enfant, toujours à lui donner des ordres, à rester assis à boire sa bière pendant qu'elle lui fait à manger, et Minh le trouve con quand il boit. Elle trouve surtout que Kim sourit beaucoup moins depuis qu'ils sont mariés et que son époux ressemble dangereusement à Sang. Cela fait très longtemps que celui-ci n'a pas levé la main sur un membre de sa famille, peut-être parce qu'il sait que sa survie matérielle dépend de celle des autres, et qu'un jour où il a giflé Nhu, Minh lui a pris le bras en disant : « Si tu recommences, je te tue. »

Le deuxième enfant de Minh, celui qui tapait les autres gosses dans la rue quand il était petit, est un être à la fois lumineux et incompréhensible. Thai part parfois des heures avec son scooter sans dire où il va, et revient le lendemain avec un nouveau tatouage étrange, perdu parmi tous les autres dont certains sont sur son visage. Minh dit parfois qu'il est fou. Le petit dernier, Nhu, est proche de sa grande sœur, Mai, mais moins de son plus jeune grand frère, Hoang. Mai a la peau la plus claire de la famille et une voix si douce qu'on dirait du miel. Ses mains ne sont pas comme celles de Minh, abîmées par l'usine, mais longues et fines comme celles d'une bourgeoise qui ne travaille pas. Nhu, lui, est l'enfant prodige et sensible de la fratrie. Il n'aime pas quand Thai parle trop fort et prend trop de place, ou conduit vite le scooter pour jouer les durs, il aime l'école où il ne va déjà plus et les moments de calme, et le chant des oiseaux dont il s'occupe au travail.

Toute la fratrie sait qu'il manque quelqu'un au tableau, mais personne n'en parle, sauf Nhu qui demande parfois à sa mère où est Ngoc Linh, ce qu'elle fait, si elle va venir leur rendre visite un jour. À chaque fois, il s'oppose à un silence brutal et assourdissant.

Françoise, au téléphone, rentrée scolaire 2014

« Oui, coucou toi. Oui, tout le monde va bien. Un peu triste, oui... Linh est partie hier dans son nouvel appart à Lyon. Tu sais, on l'a trouvé en juillet dernier ? Il est super, 49 mètres carrés, vue sur Fourvière, tu te rends compte ! Elle va être bien, elle a emporté toutes ses affaires, d'ailleurs ça va pas être de la tarte le déménagement, avec les cinq étages sans ascenseur, c'est moi qui te le dis. Non, pas encore, elle a sa pré-rentrée très bientôt. Non, elle connaît personne, je crois que ça la stresse un peu mais qu'elle est contente. Oui, Sciences Po ça en jette hein... »

Pendant que son amie déblatère à l'autre bout du fil sur une émission portant sur les Institut d'études politiques qu'elle a regardée l'autre fois à la télé, Françoise pense à Linh toute seule, dans son grand appartement lyonnais, et son cœur se serre. Est-ce qu'elle est triste ? Est-ce que Helio lui manque ? À quoi elle pense le soir en mangeant ?

Quand Françoise monte se coucher à l'étage et passe devant la chambre de Linh, elle la trouve intacte mais vide. C'est étrange pour elle de penser qu'elle ne vivra plus jamais ici, avec elle et Christophe, et qu'elle ne sera plus que de passage. Ça ne la rend pas vraiment triste, un mélange de vide et d'excitation se dessine en elle. Elle brûle d'impatience de voir sa fille grandir, de voir la personne qu'elle va devenir, celle qu'elle va être au monde.

Linh, entre Hanoï et Hô Chi Minh-Ville, fin 2012

No more champagne
And the fireworks are through
Here we are, me and you
Feeling lost and feeling blue
It's the end of the party
And the morning seems so grey
So unlike yesterday
Now's the time for us to say...

Je fume en cachette par la fenêtre de ma chambre d'hôtel et je chantonne le morceau d'Abba, diffusé partout au Vietnam à l'approche des fêtes. Comme dans leur chanson qui souhaite une bonne année 1989 à tous les gens de la planète, je me sens *lost and blue* depuis notre arrivée à Hanoï. Le ciel a une couleur étrange, mi-violette mi-orangée, et on dirait qu'il va exploser pour libérer une quantité de colère illimitée. D'ailleurs, tout le monde dit que ce 20 décembre 2012 sera la fin du monde. Je suis allée voir ce blockbuster catastrophiste au cinéma à Montpellier avec mes copines, et si j'ai trouvé ça extrêmement divertissant quoique peu réaliste, je ne peux pas m'empêcher d'y penser cette nuit-là. « Et si c'était vrai ?, je me demande en fixant le ciel, et si je vivais ma dernière soirée, loin de tout mais si proche de chez moi. »

La clameur de la ville m'apaise. La première fois que je suis revenue au Vietnam, à l'âge de 11 ans, je me souviens ne pas avoir fermé l'œil de la nuit dans la chambre d'hôtel que je partageais avec Lila et avoir écouté les bruits de klaxon et de motos qui pétaradent jusqu'à l'aube. Quand je suis en France, je déteste le bruit et j'enfonce des boules Quies jusqu'à me faire mal aux tympans quand je suis dérangée la nuit. Ici, j'entre dans un état quasi méditatif grâce à la clameur de la ville, qui ne dort jamais vraiment.

Il est minuit passé et la terre n'a toujours pas explosé.

Happy new year
Happy new year
May we all have a vision now and then
Of a world where every neighbor is a friend
Happy new year
Happy new year
May we all have our hopes, our will to try
If we don't we might as well lay down and die
You and I

***

Les rizières qui se dessinent en contrebas de l'avion sont un choc d'ombre et de lumière. Elles se déploient à l'infini près du delta du Mékong, vaste labyrinthe d'îles, de rivières et de marais, et sont d'un vert glorieux. À 11 ans, pour mon premier retour à Hô Chi Minh-Ville, je m'étais sentie relativement en dehors de moi-même pendant tout le voyage, mais quand les roues de l'avion heurtent aujourd'hui le tarmac, je ressens l'indicible bien que tout-puissant appel à la terre. C'est donc ça, venir de quelque part ?

***

Je suis assise sur le lit de la chambre d'hôtel de mes parents et j'ôte les peaux mortes du dos de mon père avec une satisfaction maladive. Je me demande si mes pupilles se dilatent à la vue de cette peau qui s'arrache et qui reste entre mes doigts ; ça me procure un plaisir égal à celui que je ressens quand je mange du piment ou que je tire sur une cigarette. Je fronce les sourcils et je me suis attaché les cheveux en un petit chignon bas comme quand j'ai besoin de me concentrer, et je détache avec application les résidus du coup de soleil que mon père a pris à Hoi An. « On t'avait dit de mettre de la crème solaire, râle ma mère, il faut toujours que tu fasses ton intéressant. » Un typhon est passé sur la ville du Centre il y a quelques jours, ce qui a fait croire à mon père qu'il serait protégé des rayons du soleil sur la plage.

J'ai encore les doigts tout tachés par le jus des mangoustans que le room service dispose dans les chambres tous les jours. Je n'ai pas flanché une seule fois au moment de les ouvrir, j'ai appuyé mes deux pouces sur la coque des fruits qui se sont ouverts de façon parfaitement symétrique.

Depuis le début du voyage, je me sens complètement en dedans de moi-même et je déambule dans chaque coin de rue avec une attention troublée. J'ai l'impression d'être droguée en permanence, je ne suis pas dans mon état normal parce que tout ce qui se passe autour de moi est une invasion sensorielle et émotionnelle. Je voudrais emporter tous ces sons et toutes ces odeurs avec moi demain, jour du départ, et imprimer en moi le bourdonnement des motos, le district 4 où je suis née que j'ai aperçu au loin depuis un taxi. J'ai déjà peur que ces images s'altèrent et soient rapidement rangées dans la catégorie des souvenirs. Je pense à tout ça en enlevant la peau de mon père qui pèle et me concentrer sur cette tâche m'aide à fixer toutes ces images en moi. Je repense au serveur du restau d'hier qui m'a demandé si j'étais vietnamienne, comme tant de gens pendant le voyage. À chaque fois, le même dialogue confus : « Oui, je suis vietnamienne. Non, je ne parle pas vietnamien. Je suis partie quand j'étais bébé. » Hier, le gars du restaurant a répondu : « *So you're a banana!* » *Jaune à l'extérieur, blanche à l'intérieur*, comme on dit, et c'est bien plus qu'une question de carnation. L'expression met le doigt sur mon errance et quand le serveur dit les termes, j'ai un goût amer dans la bouche. À ce moment-là je ne veux pas être une banane, je veux être une Vietnamienne, une vraie.

***

Quand l'avion accélère d'un coup, de plus en plus vite, de plus en plus fort, je ne pense même pas à ma peur de mourir mais à celle de ne jamais revenir. Je ferme les yeux et je pense aux mangoustans, au ciel orange et violet de Hanoï, et à Abba.

Sometimes I see
How the brave new world arrives
And I see how it thrives
In the ashes of our lives
Oh yes, man is a fool
And he thinks he'll be okay
Dragging on, feet of clay
Never knowing he's astray
Keeps on going anyway...

Minh, Hô Chi Minh-Ville,
quelques années avant 2020

Ma Ngoc Linh,

Je t'écris parce que je pense à toi et que tu ne sais sûrement rien de moi, tout comme je ne sais rien de toi. Il m'arrive souvent de rêver de toi quand tu es née et de tes grands yeux noirs qui me fixaient. C'est parce que tu avais les yeux ouverts quand nous avons signé les papiers d'adoption dans le commissariat que je n'ai pas voulu te dire au revoir ou te prendre dans mes bras, car j'ai su que je n'arriverais jamais à te quitter.

Est-ce que tu penses à moi ? Est-ce que tu me ressembles, est-ce que tes yeux sont toujours noirs ou plutôt marron foncé comme ceux de Nhu, ton plus petit frère ? Je suis sûre qu'il est ton portrait craché. Il a beaucoup pleuré quand il a fallu qu'il arrête l'école, mais on n'a pas le choix, on a besoin que tous tes frères et sœurs travaillent pour nourrir tout le monde.

J'ai une vie plutôt ennuyeuse ici, mais on dit que mes gâteaux de riz gluant et mon jus de canne à sucre sont les meilleurs du quartier. Je pense parfois au passé et j'ai du mal à retrouver le fil, tout me paraît flou et je peine à me souvenir des choix que j'ai faits et ceux que l'on m'a imposés.

Plein de choses me rendent triste, ton absence d'abord, celle de Lan, notre voisine que tu aurais adorée, et celle de ton autre petit frère, Hoang. Et puis tout ce silence. Hoang a fait quelque chose de très grave récemment et il est en prison pour plus d'un an. C'est presque impossible de lui rendre visite car il est au centre du pays. La vérité, c'est que j'ai eu envie de le frapper très fort quand je l'ai su tellement j'étais en colère, mais maintenant je suis juste triste car il me manque. Je me demande si c'est ma faute, tout ça, peut-être qu'on me punit de m'être séparée de toi ?

Je n'arrive pas à le regretter malgré le manque, car je sais que tu es bien là où tu es, et le fait de ne pas regretter me ronge, je culpabilise tant. Je comprendrais que tu ne cherches jamais à me retrouver, Monique m'avait dit à l'époque que tous les enfants adoptés n'essayaient pas d'entamer de démarches. Je trouve d'autres façons de te « voir », à la fête des Âmes errantes par exemple, ou quand je fais mes prières devant l'autel des ancêtres. Je sais que tu n'es pas morte mais j'essaie de faire mon deuil, ce qui est difficile étant donné que je n'ai pas d'image concrète de toi. C'est bizarre, j'ai l'impression de te connaître sans t'avoir jamais vraiment rencontrée.

Sache que si un jour, tu es prête à savoir d'où tu viens, je serai là pour te montrer.

Ta mère, Minh

Cette lettre vient s'ajouter à la pile de toutes celles que Minh écrit pour ne jamais les envoyer.

Linh, à table dans le Sud,
quelques années avant 2020

Mon père et moi mangeons en silence sur la grande table de la salle à manger. Ma mère est au cinéma et ne rentrera pas pour le dîner. Papa tente de faire la conversation autant qu'il peut, après tout, on se voit peu, je rentre de moins en moins dans le Sud.

« Alors, ça se passe bien, les cours, tout ça ? » Je réponds que ça va sans même le regarder dans les yeux, puis je fronce d'un coup les sourcils et je me mets à crier : « Ah ! Fais moins de bruit quand tu manges, ça m'insupporte. »

Il obtempère, « pardon, pardon », marmonne-t-il. J'ai juste envie de manger le plus vite possible et de monter dans ma chambre pour regarder un film. Je n'aime pas être seule dans une pièce avec mon père plus de dix minutes, et je sais que c'est réciproque, ce qui crée la drôle de tension qui imprègne l'atmosphère. Je vois d'ailleurs qu'il mange vite pour que ce moment soit terminé le plus rapidement possible. Quand je remonte dans ma chambre après le repas, je sens un poids quitter ma poitrine et une forme de soulagement, comme si je redevenais parfaitement fonctionnelle.

Je ne sais pas dater le moment où mon père et moi avons arrêté de nous comprendre, je me demande si ce n'est pas plutôt qu'on ne s'est jamais vraiment connus mais que la période de l'enfance masquait cet éloignement. Il est fini le temps où mon père ouvrait la bouche d'égout de l'école maternelle où j'avais fait tomber ma fève durement acquise dans la galette des rois afin de l'attraper avec ses grosses mains qu'il appelait paluches, révolue l'époque où je trouvais mon père invincible.

Quand j'essaie de débusquer en lui l'enfant, l'adolescent, et l'homme, tout devient flou, et je refuse de me plonger dans ce grand vide historique. C'est comme s'il n'y avait rien avant qu'il soit mon père, alors que je sais qu'il y a quelque chose parce qu'on vient tous de quelque part. Pourtant, il essaie parfois de se raconter, mais je ne sais pas comment accueillir sa parole, il ignore comment me parler, alors je m'énerve, et il se tait, me dit que je ne l'aime pas. À l'instant où des mots rêches sortent de ma bouche, je regrette instantanément et me dis que la personne que je lui montre n'est pas du tout celle que je suis vraiment. « Sois gentille, me dit tout le temps ma mère, il fait ce qu'il peut. » Je peux pourtant être gentille avec mes amis, tendre et douce parfois. Mais quand mon père s'adresse à moi, je sens mes muscles se tendre, comme si je me préparais à contre-attaquer alors que mon père ne me déclare jamais officiellement la guerre. Je me défends dans le vide.

J'agis comme ça parce que mon père me tend un miroir déformé de ce que je ne veux pas être. Son passé clarifie à quel point nous sommes aujourd'hui différents et me confirme que j'ai réussi à devenir une bourgeoise. Je fus longtemps confuse sur ma classe sociale parce que les signaux qu'on m'envoie sont contradictoires : j'ai toujours eu tout ce dont j'avais besoin et même tout ce que je voulais, mais les amphis de Sciences Po remplis de gens dont les parents et les grands-parents sont bourgeois me font violence. Je m'insère aujourd'hui très bien dans cette bulle, parce que ma mère prof me traîne à la bibliothèque, au musée et au théâtre depuis mon enfance, et parce que mes études m'ont appris à parler le langage de la bourgeoisie culturelle, mais j'ai toujours ce sentiment d'ambiguïté et *d'à-côté* : à côté de ça, il y a mon père qui parle de la tannerie où travaillait le sien, et qui lui a interdit de faire des études. Je me rends compte que son monde n'est pas le mien, qu'il ne l'a jamais été. La différence entre les gens de Sciences Po et moi tient peut-être dans la linéarité de leur trajectoire, parce qu'ils savent qui ils sont et où ils vont depuis qu'ils sont nés : ils n'ont rien à inventer.

Je n'ai jamais su comment faire de la place pour mon père, et je ne peux pas m'empêcher d'être agacée par ses tenues débraillées et tachées, ses cheveux longs et décoiffés, son bureau dans lequel il entasse un tas de choses insignifiantes et toutes plus *cheap* les unes que les autres. Une de ses passions, à part fabriquer des trucs à l'improviste, c'est d'acheter tout plein de gadgets inutiles sur Ali Express pour quelques euros. Ça va du faux cafard dissimulé dans un paquet de chewing-gums vide et qui fait peur quand on tire sur une tablette, à des clefs USB au stockage important. La plupart se cassent ou cessent de fonctionner au bout de quelques mois. Tout ça contraste avec ma maniaquerie et mon obsession pour les choses belles et faites d'un matériau de qualité, je passe mon temps à lutter pour que les endroits où je vis soient épurés. Je veux posséder en qualité et pas en quantité, et quand je possède, j'ai besoin que l'objet soit parfaitement fonctionnel. Dès que je suis en âge de vivre seule, je développe un attachement aux choses belles et durables. Mon père n'aime pas ce côté de moi, je le comprends : je passe mon temps à lui rappeler que je suis désormais plus que lui.

Nous sommes tous les deux les protagonistes d'un éloignement tacite, mais il existe des moments de grâce où on se dit qu'on s'aime en silence, comme quand je dépose des cigarettes sur son bureau ou qu'il m'apporte de la tapenade faite maison quand je révise.

On dit que beaucoup de pères asiatiques ont une façon particulière et détournée de dire leur amour à leurs enfants. Par exemple, il suffit de mentionner l'appréciation triviale d'une pastèque achetée dans un tel supermarché, et ils en ramèneront un caddie entier. Le mien est blanc, mais il m'a déjà acheté un ukulélé juste parce que j'ai vaguement mentionné mon envie d'apprendre à en jouer.

Linh, Lyon, septembre 2014

« Un, deux, trois, quatre… » Je compte les étudiants non blancs des bancs du grand amphi de Sciences Po Lyon. J'espère ne pas avoir assez de mes deux mains, mais je m'arrête bien avant que tous mes doigts soient épuisés par le compte. Je repère tout de suite la seule autre Asiatique présente parmi les presque 200 élèves, elle a l'air métisse et un peu perdue dans ses pensées, comme moi. Je m'assois à côté d'elle et je ne sais pas encore que je viens de me faire ma première amie à Sciences Po.

Je regarde autour de moi. Je ne vois que des Mac Book Air et j'ai l'impression de détonner avec mon énorme ordi, le premier que mes parents ont accepté de m'acheter pour Sciences Po, un engin qui ne tient pas la charge et qui fait un bruit horrible. J'étais fière d'avoir enfin un ordi pour les cours, mais je constate encore une fois que je suis en décalage par rapport aux autres. Ma honte ne tient ici qu'aux petits détails. Je vois aussi beaucoup de mecs, parfois avec des chemises, des filles qui se ressemblent toutes et qui ont l'air méchantes. À la fin de la réunion, le bureau des élèves vient nous parler de *l'intégration*. Les mecs du BDE me font peur et me dégoûtent, ils parlent fort, sont moches et prennent beaucoup de place. Je me sens en danger quand ils se tiennent trop près de moi. « C'est hors de question que j'aille à leur week-end d'inté à 100 balles pour me bourrer la gueule à la vodka pomme », je me dis. Les seules choses auxquelles je me plierai pour participer à cette intégration seront la fameuse soirée et l'après-midi jeux, pendant laquelle je déambulerai dans les rues de Lyon en écoutant le BDE scander des chants antisémites et antiféministes en me faisant jeter de la farine dessus.

***

J'écoute d'une oreille les conversations à propos du week-end d'inté et je surprends des extraits.

— Elle était tellement bourrée qu'on a dû la coucher dans son bungalow.

— C'est chaud…

— Et quand elle s'est réveillée, elle était à poil à côté d'un mec du BDE. Elle se souvenait même pas qu'ils avaient couché ensemble.

***

Pendant tout un semestre, je m'absente physiquement de l'école pour me protéger, je sèche le plus d'amphis possible, j'ai trois amies et cela me convient. Je déteste Sciences Po, j'ai l'impression de ne rien apprendre si ce n'est du vent, je suis frustrée qu'on me demande de répondre à de si vastes sujets en deux heures. Le pire, c'est que j'excelle encore partout grâce à mon travail, parce que ne pas travailler me paraît impensable, mais ça ne m'apporte pas de satisfaction, je me sens comme une coquille vide. Je porte un regard acerbe et cruel sur les gens de ma promo ; je me dis que je sais tout d'eux, mais qu'ils ne savent rien de moi.

Helio me manque. Pour tenir, je fume beaucoup de joints. C'est mon petit rituel du soir, je rentre chez moi, je travaille si je dois travailler, je me fais à manger, je roule un pétard avec l'herbe achetée à Montpellier parce que moins chère là-bas – je connais bien le dealer – et je le fume dans mon lit devant un film. Tout mon premier semestre sera marqué par la découverte d'un nombre incalculable de films, et de cette façon le temps passe bien plus vite. J'arrête de fumer d'un coup, quand je remarque que j'oublie mes rêves. Après tout ça, ce sera le printemps, je tolère davantage d'être à l'extérieur, peut-être parce que j'ai décidé de rentrer dans le moule et de me plier aux pratiques de la majorité – aller aux soirées BDE, embrasser des mecs en soirée alors que je n'ai pas envie, boire beaucoup. Je tâche de faire comme les autres, mais sans jamais être totalement comme eux. Ce qui faisait de moi une enfant bizarre autrefois – passer mes récréations toute seule avec un livre, ne pas jouer avec les autres gosses – ne me semble plus acceptable, parce que mon désir d'appartenance est plus fort que jamais, alors je ne le fais plus. Je porte un masque au-dehors que je retire dans mon dedans quand je rentre chez moi le soir. Je ne m'en rends pas compte, mais ces allers-retours entre ce que je suis et l'image que je veux renvoyer de moi-même me fatiguent.

***

Comme en prépa, je suis major de ma promo en histoire. Il y a des camarades qui me jalousent et me demandent comment je fais, je ne sais pas quoi leur répondre. Face à un sujet, tout s'encastre comme un puzzle dans ma tête, et tout devient simple, logique et clair comme de l'eau de roche. Chaque sujet implique de relever une tension entre plusieurs éléments ainsi que des contradictions, et celles-ci m'apparaissent toujours très clairement. Après ça, il suffit de dérouler le fil.

Si je suis attachée à l'histoire des autres, c'est parce que c'est celle qu'on me raconte tout le temps. Qu'en est-il de mon histoire à moi, celle des guerres du Vietnam, des guérillas menées par le peuple vietnamien ? Pourquoi, quand on parle de colonisation le temps d'un cours, les profs ont des voix gênées et le regard fuyant ? Pourquoi l'histoire des pays du Sud est-elle optionnelle et celle de l'Europe présentée comme déterminante, pourquoi je connais celle de la France sur le bout des doigts tandis que je ne sais même pas d'où je viens ?

Minh, Hô Chi Minh-Ville, 1990

Minh vit dans une terre colonisée par le poison.

Quelques années auparavant, elle se souvient s'être étonnée de la propagande pour la grande modernisation du pays comme en Chine, que le gouvernement appelait le *Doi Moi.* Ils parlaient d'ouvrir le pays alors que celui-ci était en ruines, ils disaient qu'ils mettraient fin aux souffrances et à la disette, et Minh se demandait bien comment ils s'y prendraient pour redonner vie à cette terre dévastée.

Cinq ans plus tard, elle doit avouer que les effets de cette grande entreprise commencent à se faire ressentir. L'air est moins chargé de peur et quand elle va vers le centre-ville à moto pour faire une course, il lui arrive de voir quelques touristes blancs, ce qui l'étonne toujours un peu. Tandis que certains entrent dans le pays, celui-ci s'est vidé d'une grande partie des siens. Minh se souvient ; il y a quinze ans, sa mère crachait sur toute cette foule qui commençait à partir et les traitait de lâches. Ça ne s'est pas arrêté pendant toute la décennie suivante, elle ne sait pas ce qu'ils deviennent. Certains disent qu'ils ne reviendront jamais au Vietnam et que tous ces gens sont condamnés à l'exil éternel dans une terre qui ne voudra jamais d'eux. D'autres, comme les parents de Minh, les envient, parce qu'ils seraient plus riches et loin de la corruption du pays qui les mine. Et si c'était les deux ?

Minh se sent loin de toute l'agitation d'en haut, ce n'est pas que ça ne l'intéresse pas mais elle pense que tout ça ne concerne pas les femmes comme elle. Ils ont beau parler avec leurs grands mots, elle croit dur comme fer qu'elle vit dans un pays maudit, elle se fout de vivre dans une *économie de marché* tant que ça lui permet de vivre mieux et de nourrir correctement les enfants qu'elle veut avoir avec Sang.

Elle est inquiète que son premier enfant naisse déformé comme celui qu'elle a vu par terre l'autre fois, à l'entrée du marché de Cholon. Il était à côté de sa mère qui mendiait, et sa tête était énorme. Les passants détournaient le regard et partaient en chuchotant. Minh, elle, l'avait bien regardé, il n'était pas le premier qu'elle voyait. Elle a entendu que depuis la guerre, des milliers de bébés naissent avec des maladies et des malformations.

Apparemment, les Américains auraient versé un truc sur les forêts et les cultures de la région, un produit si dangereux qu'il aurait empoisonné sa terre. Minh a peur de ne pas réussir à avoir de bébé à cause de ce poison, ou qu'il ait un problème et qu'elle ne sache pas quoi faire face à l'anormalité. Elle imagine que beaucoup de mères abandonnent leur enfant ; elle ne sait pas ce qu'elle ferait à leur place.

Françoise, dans le Sud,
quelques années avant 2020

Françoise a étalé l'acte de naissance et deux photos sur la table de la salle à manger. Elle les a sortis d'un petit classeur rangé dans la vieille commode en bois du salon. Linh est assise à côté d'elle et ne parle pas. Elle parcourt le document avec attention comme s'il s'agissait d'un contrat important qu'on doit signer, puis lâche d'un coup : « Je ne savais pas que ma mère s'appelait Minh. C'est joli. »

Linh part faire une année d'études à Shanghai à la fin du mois dans le cadre de Sciences Po. Tout est prêt, le visa, l'assurance, les papiers pour la fac, l'appartement en colocation est trouvé. Une fois, en pleins préparatifs de voyage, Linh s'est plantée à côté de Françoise dans la cuisine. « Tu te souviens, tu m'avais parlé d'un acte de naissance et de photos de mes parents. J'aimerais bien les voir avant de partir. »

Françoise fait glisser les photos près d'elle, et lui explique : « Ça, c'est une photo de ta mère et de ton père. Celle-ci, c'est ta grande sœur et ton grand frère. » Linh les saisit précautionneusement entre ses doigts et reste immobile. « À quoi pense-t-elle ? » se demande Françoise. Elle lui dit que c'est tout ce qu'elle a avec l'acte de naissance, et qu'ils ont des amis vietnamiens francophones sur place qui pourront l'aider. Linh hoche la tête et lui demande si elle peut avoir une photocopie du document officiel.

— Et les photos, tu ne les prends pas ? demande Françoise.

— Non. Je les laisse ici, tu peux les garder.

Linh, Lyon, quelques années avant 2020

Je m'étale sur mon lit et je soupire. Je me redresse d'un coup et je dis au mec à poil allongé à côté de moi que je dois aller me rincer. « Pas de souci, tu reviens, hein ? » me répond-il en caressant ma joue. Je m'écarte brusquement, ce geste me dégoûte. Je me sens sale et j'ai envie qu'il dégage, il est 4 heures du matin, et je déteste quand des mecs avec qui je couche restent dormir chez moi. J'ai l'impression qu'on envahit mon espace vital et je ne parviens jamais à fermer l'œil. Avec celui-ci, que j'ai déjà vu quelques fois, on fait toujours la même chose, il vient tard, on baise sans que je n'aie jamais d'orgasme et il s'endort en ronflant comme une machine.

L'année scolaire touche à sa fin et je vais bientôt partir vivre en Chine. En attendant, je passe mon temps sur Tinder, je révise mes derniers partiels en buvant du vin avec Helio et Max, mes amireux, comme on dit. Je suis devenue amie avec Max le 14 novembre 2015, le lendemain du soir où tout le pays fut plongé dans l'obscurité malgré les petites bougies disposées sur les rebords des fenêtres. C'était si absurde que j'avais dit à mes amis de venir chez moi pour qu'on soit tous ensemble, et j'avais invité Max qui venait d'arriver à Lyon. Depuis, il n'a jamais manqué de me faire sentir puissante, même quand ma chienne Samba est morte sans que j'aie pu lui dire au revoir. Je me demande comment je vais faire sans Max, à Shanghai.

L'an passé, j'ai quitté Helio qui venait d'emménager à Lyon pour un autre mec rencontré en camp linguistique à Shanghai et je lui ai brisé le cœur, et Helio a mis plus de quatre mois à me reparler. Je sais que dans le fond, il est encore un peu amoureux de moi, mais je me dis que ça va lui passer et qu'on ne peut pas vivre l'un sans l'autre. Nous deux c'est pour la vie, alors j'attends qu'il guérisse.

Ça a duré un mois et demi avec le mec du camp linguistique. Du sexe, beaucoup de promesses, et puis d'un coup plus rien. Tout s'est éteint comme ça s'était allumé, une dispute à la con et c'était terminé : quelques sacs remplis de fringues rendues sur un banc de la place Bellecour, assortis d'une petite pique acerbe pour me blesser avant de se quitter. Ce type plus vieux m'avait attirée avec ses airs de bad boy un peu paumé et il me dégoûte désormais, je repense souvent au fait qu'il n'avait eu que des copines asiatiques, qu'il m'appelait son dragon et qu'il parlait sans cesse en mal de son ex, vietnamienne elle aussi. « Elle était folle à lier », disait-il tout le temps. Une fois, pendant le sexe, il m'avait dit : « Toi et moi, on est faits pour baiser. J'en ai une grosse et toi ton vagin est serré. » Je me demande si le feu s'est éteint parce qu'au fond de moi, je sentais le danger. Après lui, il y avait eu Matthias, que j'avais beaucoup aimé aussi mais pour qui j'étais plus une infirmière qu'une copine. Ça ne m'avait pas empêchée de lui courir après pendant des mois jusqu'à ce qu'on soit tous les deux épuisés.

Je suis épuisée par les hommes et pourtant je continue à coucher avec eux, alors que c'est nul, que ça ne me fait rien quand ça ne me fait pas mal, que ça me fait me sentir sale. On dirait que je fais exprès de me blesser, mais c'est presque une compulsion, comme si coucher avec le plus de mecs possibles était ce que je devais faire, comme si la société attendait ça de moi. Je suis en colère après les hommes et après moi, et c'est pour ça qu'en sortant de la douche, je balance une boule de fringues sur le mec couché dans mon lit et lui demande de rentrer dormir chez lui.

Linh, Shanghai, été 2017

Je suis agenouillée sur le carrelage froid de la douche d'Été, la tête renversée en avant. Été me rince les cheveux et les restes de la teinture noir corbeau aux reflets bleus sur laquelle je fais une fixette depuis quelques jours s'évacuent dans le conduit de la douche. « Bouge pas, je vais t'en mettre partout sinon », me dit Été. « C'est trop tard, je lui réponds avec de l'eau plein les yeux, je suis sûre que mon tee-shirt est déjà foutu. »

Je me regarde dans le miroir d'un air circonspect après le séchage, mon tee-shirt est effectivement bon à jeter à la poubelle.

— On voit rien. C'est comme si j'avais fait un shampooing.

— Mais bien sûr que si qu'on voit ! On voit à la lumière qu'il y a les reflets. C'est trop beau, je kiffe.

Je ne suis pas convaincue, mais je lui propose de fumer une cigarette sur son balcon. J'adore l'esthétique d'Été, c'est la première fois que je me dis ça de quelqu'un. Été s'habille toujours en noir, elle est asiatique comme moi. J'aime bien l'entendre parler mandarin dans la vie de tous les jours et créole quand elle est au téléphone avec sa mère, j'adore quand Été me montre ses collages et ses carnets gribouillés de son écriture illisible dans lesquels elle recense tous les endroits qu'elle aime à Shanghai, je m'enthousiasme en écoutant toutes les chansons en cantonais qu'elle me fait découvrir. Ma créativité est en berne depuis longtemps, ça m'inspire d'être proche de quelqu'un comme elle. Je crois qu'on sait toutes les deux que le fait d'être asiatiques nous a immédiatement fait nous apprécier mutuellement sans jamais se le dire, parce que la honte est encore trop grande. J'aurais aimé la rencontrer quand j'étais enfant ou ado, ça nous aurait épargné tant de solitude. On se serait fait des playlists qu'on aurait gravées sur CD. La première fois que j'ai rencontré Été sur les escaliers de la petite épicerie de la fac où j'achète mes snacks et mes jus de fruits fluorescents, j'ai été touchée en plein cœur par ses yeux noirs ainsi que son corps usé par la maladie et la tristesse qu'elle porte en elle.

Été connaît la ville comme personne. C'est elle qui m'a montré la ligne de bus 71 super pratique qui longe le périph et dessert un tas d'arrêts, elle qui m'a dit d'aller au café-librairie *1984* où j'ai passé des heures à faire mes devoirs de mandarin et à lire sur le patio, les mollets dévorés par les moustiques. Été traîne peu avec ma bande de potes, mais je me dis qu'on doit être chiants à faire groupe tous ensemble ; elle préfère passer du temps chez elle et aller dans des cafés. Pour le Nouvel An, tout le monde est allé dîner dans une crêperie chère ; Été est venue boire un verre, n'a pas commandé à manger et est rentrée chez elle pour faire de la sculpture sur son balcon pendant que nous avons continué à faire la fête toute la nuit.

On a mis beaucoup de temps à se parler vraiment, jusqu'à ce qu'Été, dans un café de la concession française, s'arrête en plein milieu de nos devoirs et me dise : « Linh, je pense que tu sais, mais je suis malade. » J'ai posé mon stylo, puis ma main sur celle toute frêle et tremblante d'Été, et j'ai répondu que je savais. La maladie d'Été et les peines qu'on se traîne toutes les deux nous empêcheront cette année de vivre un tas de choses ensemble, mais nous avons déjà semé les graines de notre amitié, celles qui deviendront un point de repère irrévocable à peine quelques années plus tard.

***

J'ai pris trop d'ecstasy cette nuit-là, je vois flou et mes mâchoires se déboîtent à moitié. À ce qu'il paraît, il faut manger des bananes quand on serre les dents, mais il n'y a pas de bananes dans cette boîte, juste de l'eau que je bois par litres depuis le début de la soirée. Je ne sais pas quelle heure il est et je ne me calme pas, mon corps semble ne jamais vouloir s'arrêter. Je dis à toutes les personnes du club que je les aime, ils me répondent qu'eux aussi mais que j'ai dû prendre un mauvais truc, vu ma tête. On s'est embrassées plus tôt dans la soirée avec ma pote Julia de Sciences Po dont je suis très proche, et le gars avec qui elle était en train de flirter nous a observées sur le côté avec un regard lubrique. Je me suis dit que c'était un vieux mec, j'aurais voulu qu'il parte, parce que « c'est notre moment ». Julia est finalement rentrée avec lui dans son appartement, et je l'ai regardée partir avec amertume sans rien dire. C'est toujours comme ça, avec Julia. Elle est incroyable mais elle rentre toujours avec des hommes moches qui ne la méritent pas, jamais avec moi. Je ne sais pas si c'est la drogue ou autre chose, mais j'aimerais la rejoindre et parler avec elle pendant des heures.

***

Au petit matin, je tombe nez à nez avec Julia dans le salon de son appartement pendant que le mec de la boîte se fait raccompagner à la porte. Elle me demande ce que je fais là :

— Je suis rentrée avec ton coloc, j'avais pas envie de rentrer chez moi, il dort là. Moi je suis encore déchirée, j'y arrive pas.

— Moi aussi ! Oh, je suis trop contente de te voir. Viens, on va dans ma chambre et on papote.

***

Le même soir, en redescente totale, je pleure à sanglots étouffés dans ma chambre shanghaïenne. Ça fait quarante-huit heures que je n'ai pas dormi à cause du mauvais truc que j'ai pris. Je repense à l'instant où Julia m'a pris la main dans sa chambre pendant qu'on s'échangeait des secrets, à mon cœur qui est presque sorti de moi, à ses grands yeux verts mouchetés de marron, à l'envie de ne jamais se quitter. La quitter, j'ai dû le faire quand j'ai vu l'heure, mais en route vers le métro j'ai rebroussé chemin pour tambouriner à sa porte et lui dire que je me sentais bizarre. Elle m'a dit qu'elle aussi, on a paniqué ensemble puis je suis partie pour de bon. Cet instant suspendu avec elle me fait réaliser à quel point les hommes m'ennuient. Pendant cette journée avec Julia qui avait des allures nocturnes, tout m'a semblé extraordinaire, et je sais que c'est réciproque puisqu'on se l'est dit. Mais une fois rentrée chez moi, l'étau dans ma gorge s'est resserré pour de bon, je sais que c'est mon taux de sérotonine qui se réajuste mais il y a aussi la panique, et j'ai du mal à entrevoir une porte de sortie, à tel point que j'ai demandé à l'une de mes amies de la fac de venir me voir. Couchée à mes côtés dans mon lit, Mathilda me tient la main pendant que je tremble comme une feuille qui va tomber de son arbre.

Je répète que ce n'est pas possible, que ça n'arrive qu'aux autres. Je pense aux gens de Sciences Po, à ce qu'ils vont penser de moi si je suis avec une fille.

— Pense pas à ça, me dit Mathilda. Une chose après l'autre. Et puis si ça arrive, on s'en fout d'eux. Ça va aller.

Je me répète comme un mantra que *ça va aller*, mais l'étau dans ma gorge est trop gros pour que j'accepte de me regarder en face. Tout ça est encore si inaudible pour moi que je préfère rebrousser chemin. J'ai encore besoin du regard des hommes, je n'arrive pas à m'en passer, c'est presque compulsif.

***

C'est toujours un sentiment indescriptible de voir les tours se découper au loin du toit de mon immeuble à Lujiabang, le quartier où j'habite. C'est mon dernier soir à Shanghai, demain, je rentrerai en France. Je n'arrive pas à croire que je dois déjà tout quitter, j'en ai marre d'avoir ce pincement au cœur dès que je dois partir d'un endroit que j'aime et imprégné de tous mes souvenirs. J'ai peur que les gens en France n'aient pas changé alors que j'ai grandi ; je redoute ce sentiment de n'appartenir à nulle part qui ne fait que s'accroître vu tous les morceaux de vie que j'ai semés partout. Il y a dix jours à peine, j'ai rencontré un mec allemand gentil et aux cheveux doux qui vit ici et que je pense ne jamais revoir, mais c'était tellement mieux que tous mes *dates* foireux enchaînés depuis un an. Je crois que je l'aime un peu déjà mais je dois partir, je me sens maudite.

Je regarde Été et tous mes autres amis danser comme des puces sur le rooftop au son de *Dreams* des Cranberries.

Oh, my life is changing everyday
In every possible way
(I said, oh, I said oh)
And oh, my dreams

It's never quite as it seems
'Cause you're a dream to me
Dream to me

Minh, Hô Chi Minh-Ville, « hiver » 2017

Minh a une insomnie. Ça ne lui arrive jamais ; elle est en général si fatiguée qu'elle s'écroule tous les soirs pour ne se réveiller que le lendemain très tôt, sans jamais se rappeler ses rêves. Ce soir-là, elle a l'impression que c'est de la colère qui coule dans ses veines plutôt que du sang. Cette colère prend toute la place et fait que ses pensées s'entrechoquent sans aucun fil directeur ; elle n'est qu'une masse informe qu'elle ne sait pas nommer.

Hier, elle a vu un reportage sur la télé de son voisin à propos d'adolescents adoptés par des Français qui reviennent au pays pour chercher leurs familles. Minh a fixé d'un regard vide le visage rieur de cette fille, Amandine, qui travaille maintenant à Hô Chi Minh dans un orphelinat et qui apprend le vietnamien pour communiquer avec sa famille d'ici. Elle s'est dit qu'elle avait l'air heureuse et en paix avec elle-même. Depuis son visionnage, la petite boule au ventre de Minh s'est transformée en cette masse de colère indomptable. Elle voudrait que Ngoc Linh, qui va bientôt avoir 21 ans, revienne et la cherche sans relâche ; elle s'inquiète que sa mère de là-bas ne lui ait jamais donné son acte de naissance ou que sa fille ne l'ait tout simplement jamais demandé. Est-ce que Ngoc Linh aussi est en colère ? Est-ce qu'elle aussi a senti cette masse informe grandir en elle, au point de ne jamais rien vouloir savoir sur sa mère ?

Ce soir-là, pendant son insomnie, Minh a beau se retourner sous ses couvertures dans tous les sens, une seule question la taraude : « Où es-tu, Ngoc Linh ? »

***

Quand Ngoc Linh rentre dans la maison bleu-vert aux murs décrépis accompagnée d'une dame vietnamienne qui parle français, Minh se sent à la fois renaître et mourir. Elle a l'impression que plus rien n'existe autour d'elle, et tous les bruits qu'elle entend lui paraissent assourdissants et inaudibles à la fois. Quand elle prend sa fille dans ses bras, elle plonge son nez dans son cou et voudrait la respirer pour toujours. « Tu m'as retrouvée », murmure-t-elle épuisée. Quelques jours après son insomnie magistrale, une dame qui se fait appeler Rose l'a appelée sur son téléphone portable sans crier gare. « Bonjour, je suis une connaissance des parents français de Ngoc Linh. Elle est à Hô Chi Minh et vous cherche, vous et votre mari. » C'est comme si d'un coup, tout s'encastrait violemment. Minh s'est dit que sa fille l'avait enfin entendue, et depuis cet appel, elle n'a presque pas dormi et ses quelques heures de sommeil ont cette fois été peuplées de fantômes et de prières agonisantes.

Elle rage de ne pas pouvoir parler à Ngoc Linh en vietnamien ; dès qu'elle veut dire quelque chose, elle doit passer par Rose qui l'accompagne. « Dites-lui que je l'aime, qu'elle m'a manqué. » Minh broie la main de sa fille dont le visage est inexpressif tandis qu'elle sirote un jus de canne à sucre. Elle plonge dans ses yeux sombres et hagards comme pour la sonder, ils semblent raconter mille histoires qu'elle ne peut pas comprendre. L'autre main de Ngoc Linh est broyée par celle de son père, c'est la première fois en une décennie que Minh ressent de la compassion pour lui. « Dites-lui qu'elle a cinq frères et sœurs, et que le plus petit, Nhu, est son portrait craché. C'est fou, j'en étais sûre. » Quand Rose lui traduit en français, Ngoc Linh a le visage qui s'illumine. « Elle voudrait les rencontrer », lui dit Rose. Après avoir écouté Minh parler, celle-ci se tourne vers sa fille et lui propose de revenir déjeuner dans deux jours car tout le monde travaille actuellement.

Puisque les mots manquent à tous, Minh montre l'autel des ancêtres à Ngoc Linh et s'attarde sur une photo de la vieille Lan. Sa fille hoche la tête, elle a l'air de comprendre qu'elle était importante pour sa mère, et sourit.

***

Minh a l'impression qu'elle n'en aura jamais assez. Elle voudrait garder sa fille pour toujours, elle a envie qu'elle ait besoin d'elle, elle souhaiterait qu'elle soit un fruit afin d'en manger toute la chair ainsi que les pépins à pleine bouche. Elle a tant de choses à lui dire mais le temps est contre elle, et elle sent déjà que tout les sépare, alors quand il est temps pour Ngoc Linh de rentrer à son hôtel, elle la raccompagne avec Rose. Il pleut des cordes et au moment de passer sous le tunnel le plus glauque du quartier, Minh retient Rose par le bras.

— Est-ce que vous pourrez lui dire que quand je me suis séparée d'elle, Sang était violent avec moi, il me frappait et on n'avait pas d'argent. Maintenant, ça va mieux, mais à l'époque, j'ai cru que je ne pourrais pas bien m'en occuper.

— D'accord, je lui dirai.

Minh regarde la moto s'éloigner et prend dans ses bras le petit chat errant qui miaule à la mort sous le tunnel. « Tu as perdu ta mère ? Viens là. Moi aussi je suis triste, le chat. Elle est déjà partie. »

Linh, avenue Bui Vien, « hiver » 2017

« Alors, c'était comment ? » est la phrase que j'entendrai le plus dans les semaines qui suivront la rencontre avec ma famille. Je la déteste et je ne sais jamais y répondre ; je sais qu'elle est bienveillante mais je la trouve d'un vide abyssal. Je ne peux pas raconter l'indicible.

Je suis incapable de raconter le chat errant qui miaule à la mort, les néons de la ruelle sous la pluie battante, mon père qui me regarde, qui sent l'alcool mais ne dit rien, ma mère qui parle à Rose sous le tunnel sombre, ces histoires de violences, mes larmes qui se mêlent à celles du ciel en rejoignant Julia au restaurant de l'avenue Bui Vien. Cette soirée n'est qu'une histoire de bruits sourds qui ne s'harmonisent pas entre eux.

Je suis donc reconnaissante que Julia, ma compagne de voyage à Hô Chi Minh pendant que tous nos amis sont déjà dans le centre du pays après deux semaines de périple, ne me demande pas « comment c'était ». Assise à la table d'un restaurant tout ce qu'il y a de plus banal, elle me tend une cigarette quand elle me voit arriver et pousse une pinte de bière devant moi. Ce soir-là, une fois la pluie passée, nous avons surtout reparlé *de nous* dans un bar de Bui Vien, et tout est devenu plus léger le temps de quelques heures.

***

Ma vie ne fera que ricocher à l'infini après la rencontre avec mes parents. Quand j'ai entrepris de recoudre mon histoire, je pensais retrouver au mieux mes parents, au pire un grand silence provoqué par des accidents de vie dont j'ignorerais l'existence. En plus de deux personnes que je reconnais sans les connaître, j'ai trouvé une famille tout entière dont je ne sais pas quoi faire.

Je ne crois pas à l'idée d'un instinct maternel, ni à cette histoire de liens du sang qui l'emporteraient sur tout, mais quand mon chemin croise celui de Nhu, je vis une épiphanie terrifiante, à tel point que je voudrais parfois l'effacer de ma mémoire. Je ne savais pas qu'il était possible d'être aussi bouleversée par un autre être humain ; pourtant, quand je fais face à mon plus petit frère pour la première fois, j'en oublie jusqu'à ma propre existence. Le repas préparé par ma mère, mon autre petit frère en prison, les tatouages de mon grand frère, les mains de ma petite sœur, mes deux parents qui se détestent, plus rien ne compte à part Nhu et son visage identique au mien. Je voudrais plonger dans le cœur de mon frère, et l'injecter de tout mon amour que je ne parviens plus à contrôler. Alors je le regarde, il me regarde aussi, et nos silences valent mille mots.

***

Je pensais être morcelée avant de retrouver ma famille, je me sens émiettée de toutes parts quand je dois la quitter. Sur la moto de Rose qui me ramène au centre-ville après le repas, je comprends qu'il n'y aura plus de retour en arrière, plus de légèreté de l'être, plus de possibilité de mettre des œillères. J'aperçois Nhu dans le rétroviseur de la bécane et j'apprends ce que ça fait, d'être férocement dépossédée d'une partie de soi-même, de rencontrer un autre bout de moi et d'être forcée de m'en séparer. J'ai des trous dans le cœur et des béquilles à la place des jambes.

Linh, Shanghai, printemps 2017

Je suis assise sur un fauteuil en cuir confortable et je ferme les yeux. Le mec qui me charcute l'avant-bras gauche avec une concentration maximale est une espèce de dandy à la moustache fine ; il a un aquarium vide rempli de serpents en plastique dans son salon. Ses baffles diffusent de la bonne musique qui couvre un peu le bruit incessant de l'aiguille.

C'est fou comme je peux être douillette parfois tandis que j'accepte sans ciller qu'on me rentre une aiguille dans la peau afin de m'y faire une plaie indélébile. C'est comme ça que j'ai envie de percevoir les tatouages, à savoir des dessins plus ou moins esthétiques parfois sans signification particulière, mais qui me ramènent à une période de mon existence et qui me font penser : « À ce moment-là, j'étais à tel endroit, et j'étais telle personne. » Je n'ai juste pas envie de foirer le premier, parce que ce premier tatouage est aussi le marqueur de la narration que je tente de faire de moi-même.

La douleur m'envahit par vagues irrégulières ; je souffre parfois le martyre le temps de cinq minutes, puis ma peau s'habitue et je me laisse même aller à une agréable sensation d'engourdissement. Une fois l'épiderme habitué, le cerveau commence à libérer des endorphines.

***

Sur mon avant-bras gauche se trouve désormais une femme-arbre à six branches, à moitié enfermée par un trait circulaire. C'est l'une de mes amies de fac qui l'a dessinée pour moi. « Ça veut dire quoi ton tatouage ? » me demande-t-on souvent. « Oh, rien de spécial, juste une femme-arbre », je réponds de façon mécanique. Même si je rends mes souvenirs visibles, je ne veux pas avoir à expliquer à chaque fois.

Au Vietnam, j'ai deux parents – une mère qui fait de son mieux ainsi qu'un père alcoolique et violent – mais surtout cinq frères et sœurs, et je me trouve au milieu, papillon égaré dans la tempête. À l'école primaire, la maîtresse nous a une fois demandé de faire notre arbre généalogique. Je n'avais pas su faire l'exercice. Aujourd'hui, je marque ma peau de mon arbre à moi, sur lequel six papillons, après avoir volé ensemble vers la lumière, pourront venir se poser.

Postlude

Chère maman,

Je t'écris pour te dire que mon autre maman est morte, et pour le réaliser pleinement.

À cause de sa maladie, elle avait oublié beaucoup de choses : le nom du président de la République, le mot « janvier », et qu'il est important d'éteindre les plaques de cuisson après utilisation. Il y avait cependant trois choses qu'elle n'oubliait jamais : l'envie de te revoir, celle de rejoindre mon père parti il y a quelques années, et mon vrai prénom, Ngoc Linh. Quand elle délirait, elle exprimait souvent ce désir de te recroiser un jour. Je ne comprends pas exactement pourquoi, mais elle en parlait. Est-ce parce qu'elle s'en voulait de m'avoir caché toutes les lettres que tu nous as envoyées (je viens de les retrouver) ? Je ne saurai jamais. J'ai l'impression qu'à force d'avoir été terrifiée d'oublier et d'être oubliée, on m'a punie en brisant la mémoire de ma mère. Et toi maman, est-ce que tu te souviens de tout ?

C'est étrange, d'être orpheline sans vraiment l'être. Je sais que toi et papa, vous êtes toujours là, et pourtant c'est un peu comme si vous n'existiez plus non plus. Vous êtes là mais vous êtes si loin, et si absents. En même temps, je me sens libérée et soulagée, et je m'en veux d'avoir cette pensée. J'ai l'impression de ne plus rien devoir à personne, et d'avoir brisé les chaînes qui me retenaient au fond d'un océan d'obscurité. Tous mes verrous internes ont sauté.

Quand je me regarde dans le miroir, je vois parfois un monstre, mais je m'habitue à lui, et je l'aime aussi, malgré toute sa noirceur que des rais de lumière viennent transpercer. Il est fait d'un million d'aspérités et d'irrégularités, de pensées parasites et de récits maladroits, mais je le trouve beau. Je suis le résultat d'un nombre infini de brouillons, je suis une erreur perpétuelle qui ne trouve jamais sa forme finale et qui ne fait rien comme les autres. Je suis un monstre magnifique.

Pour ne rien oublier, je recommence. Je déroule la bobine de fil que certains appellent la vie, mais je n'aperçois pas de début, de milieu ou de fin, seulement un magma de débris qui s'assemblent. Je veux boucler la boucle.

III

« J'étais – s'imagine
Je suis – se réalise
Je serai – s'imagine. »

Joohee Bourgain[1]

Minh, Hô Chi Minh-Ville, années 2020

« Il était une fois, sous le règne du premier des rois Hung, un monstre que les hommes et les esprits voulaient abattre. En réalité, ce monstre était un dragon qui vivait sur le littoral, et il était si grand que lorsqu'il se déployait, ses membres s'étendaient à travers tout le pays. »

Minh fait une pause : la respiration de son petit-fils, l'enfant de Kim, devient plus régulière, mais ses yeux sont encore grands ouverts. Sa tête s'alourdit peu à peu sur ses genoux et elle se demande si elle doit arrêter de raconter la légende de la baie d'Halong que son petit-fils adore. Minh décide de poursuivre, elle a envie de parler de monstres et d'éternité.

« Le dragon, qui n'était perçu que comme un monstre malgré sa présence paisible, fut victime d'une attaque

1. *Ibid.*

coordonnée par les esprits des eaux, de l'air, les hommes et les poissons, qui redoutaient une catastrophe. Effrayé par les harpons qu'on lui jetait dessus et par les éléments qui se déchaînaient à son encontre, il lança vers eux un jet de flammes depuis sa gueule incandescente : tous demeurèrent pétrifiés pour l'éternité et forment désormais le paysage de la baie. »

Minh se dit alors qu'il s'agit de son passage préféré : elle trouve ça ironique qu'ils soient tous changés en paysages parce que ces êtres vivants étaient incapables de voir autre chose qu'une menace dans l'existence d'un dragon. « Tinh, le génie des eaux contraires, fut transformé en rocher. L'épouse du vent mauvais put conserver son profil dans la roche, tandis que la tortue laissa émerger son dos couvert de forêt. »

La chute de la légende vient après, et systématiquement, le petit-fils de Minh écarquille des yeux émerveillés quand il entend cette partie : « Content d'avoir repoussé ses agresseurs, mais furieux d'avoir été attaqué si violemment, le dragon s'enfuit dans la plus haute montagne du Nord d'où il plongea dans le golfe du Tonkin. Les remous créés par sa longue queue dessinèrent dans la roche vallées, monts et crevasses. L'eau se répandit partout entre ces nouvelles formations, submergeant ce nouveau paysage et ne laissant émerger que quelques terres, des pics rocheux comme témoins éternels de sa colère. Ainsi fut formée la baie d'Halong. » En vietnamien, *halong* signifie « descente du dragon ».

Son petit-fils s'est endormi, et Minh le pousse délicatement sur le côté afin de pouvoir s'allonger à son tour. Elle se souvient avoir narré cette légende une centaine de fois à son cadet Nhu, qui est maintenant trop grand pour qu'on lui raconte des histoires le soir. Contrairement à son petit-fils, qui ne lui pose jamais de questions quand Minh lui décrit la formation de la baie, son fils avait coutume de garder les yeux grands ouverts tout le long et de se redresser à la fin pour mener son petit interrogatoire.

— Pourquoi les hommes et les animaux ont voulu tuer le dragon ? Il faisait rien de mal, non ? avait-il une fois demandé.

— Non, il faisait rien de mal. Je pense qu'ils se sentaient menacés par sa présence, et par sa grandeur. Ils en avaient peur, parce qu'il était différent, alors qu'ils auraient pu cohabiter dans la nature.

Nhu s'était endormi puis avait brutalement réveillé sa mère quelques heures plus tard en la secouant : « Maman ! Maman. Pourquoi tu crois qu'on déteste les monstres, comme le dragon ? Tout le monde en a peur, alors qu'ils peuvent être chouettes, ou faire des trucs beaux grâce à leur colère. Comme la baie d'Halong, c'est beau là-bas, non ? » Minh avait eu envie de gronder son gamin qui l'avait extirpée de son sommeil durement gagné, mais elle avait répondu : « Je ne sais pas, j'y suis jamais allée, mais on m'a dit que c'était beau. Je me dis qu'on a peur des monstres parce qu'on les pense incapables d'être comme nous. »

Minh songe parfois à cette conversation. Elle repense au courroux du dragon qui figea ses agresseurs dans l'éternité de la baie, à la solitude qu'il avait dû éprouver devant tant de violence et d'hostilité. Elle se dit que les hommes et les éléments n'ont décidément rien compris, et repense aux monstres qu'elle fait taire en elle et à ceux qu'elle s'autorise à laisser parler.

Linh, Lyon, hiver 2017

Les monstres qui dorment en moi se réveillent brutalement et s'appliquent à venir me parler de façon continue, ça ne m'était jamais arrivé d'être si triste pendant si longtemps et j'en suis sous le choc. Tout est arrivé d'un coup : d'abord, il y a cette mononucléose qui me cloue au lit pendant un mois, couplée à l'impression que les couleurs n'existent plus depuis mon retour de Shanghai. Été me manque, Martin, l'Allemand aux cheveux doux resté en Chine, aussi. J'ai appris par une amie en commun qu'Été allait très mal, encore plus qu'à Shanghai. Parfois, je tape un message : « On s'appelle quand ? », et je ne l'envoie jamais. Je ne m'en sens pas la force mais je pense tout le temps à elle.

Je partage un grand appartement avec deux amies, pourtant je ne me suis jamais sentie aussi seule. Je n'ai plus envie de faire la fête, je me dispute de plus en plus avec Max et Helio : on peine à se retrouver après un an de séparation, je sais qu'ils sont tristes eux aussi mais on n'arrive pas à se le dire. C'est encore pire à l'école, je ne comprends rien au marketing, au droit des contrats et à la finance internationale, je me déteste d'avoir choisi ce master *pour les débouchés* et je trouve révoltant qu'on me force à apprendre des trucs aussi atroces. C'est la première fois de ma vie que je me retrouve à devoir mémoriser des choses que je ne comprends pas. Ça me rappelle la forme canonique des équations de maths en seconde et les heures passées à pleurer de rage parce que quelque chose m'échappait. C'est le pire à mes yeux, ne pas comprendre ; c'est la première fois que je ne suis plus la meilleure et mon ego de première de la classe s'en retrouve meurtri. La façade de perfection, froide et distante, que j'avais érigée entre les autres et moi, se fissure ; je me retrouve forcée de montrer ce qui est laid en moi.

Ce n'est pas de ne plus dormir qui me rend folle, c'est d'avoir peur de ne pas y parvenir et par conséquent de ne jamais y arriver parce que la peur me tient éveillée. Je refuse de me laisser aller au sommeil car quand mes yeux se ferment, je vois Nhu qui me demande pourquoi je l'ai laissé là-bas. Pour la première fois, je découvre ce qu'est la vraie culpabilité : pourquoi moi et pas lui ? Pourquoi suis-je ici et pas mes autres frères et sœurs ? Pourquoi suis-je la seule à avoir été séparée du reste de ma famille ? Quelque chose m'échappe, je cherche des explications rationnelles mais seul le circonstanciel arrive à moi. Je m'imagine envoyer des lettres pour demander les raisons à ma mère de là-bas mais je ne le fais pas. Peut-être que dans le fond je ne veux pas vraiment savoir.

Toutes les nuits, je me tourne vers l'ours en peluche que Nhu m'a offert quand nous nous sommes rencontrés, et que j'ai tenu sous mon bras comme une enfant qui s'accroche à son doudou dans l'Airbus A380 me ramenant de Shanghai à Lyon. Il est maintenant posé sur l'oreiller à la droite du mien, et je n'ose ni le serrer contre moi, ni le ranger dans mon placard. J'ai l'impression qu'il se fout un peu de moi et que ses yeux accusateurs se posent sur moi-même quand je ne regarde pas. Je le trouve un peu ridicule avec son chapeau violet, mais je dois reconnaître que la petite écharpe rose qui lui enserre le cou lui donne un certain charme.

Quand mon petit frère m'envoie des messages en vietnamien sur Facebook, je n'arrive plus à répondre. L'euphorie des retrouvailles est passée, je ne sais pas comment lui parler. À chaque fois, je dois copier son message pour le coller dans Google Traduction, puis rédiger ma réponse afin de la traduire et de lui renvoyer. Souvent, on ne se comprend pas, et ça me donne envie de jeter mon ordinateur par la fenêtre, alors je nous impose, à lui et à moi, un silence pesant. Le pire, c'est que Nhu n'a jamais l'air de m'en vouloir : il passe son temps à m'envoyer des émojis en forme de cœur et à me dire que je lui manque, et ça m'écorche comme un arbre dont on arracherait les feuilles une à une.

C'est la première fois que je m'autorise à souffrir autant, et je ne sais pas quoi faire de tout ce manque qui m'écrabouille. Je ne m'étais pas préparée au chagrin, j'ignore comment accueillir la douleur. Tout ça c'est comme un deuil, car j'ai trop laissé de moi là-bas, dans mon autre pays. Parfois, quand je sens mon cœur accélérer ou ralentir en pleine nuit, je repense aux *graines*, je me dis que j'en ai semé partout et que je dois attendre pour qu'elles poussent. Je veux accélérer le temps pour que ces cultures prennent vie, je ne peux plus attendre.

Françoise, dans le Sud, hiver 2017

Françoise est plantée devant la porte vitrée du salon qui donne sur le bougainvillier que Linh adore. En été, ses branches recouvertes de grosses fleurs violettes grimpent sur la tonnelle ; c'est l'une des seules plantes qui pousse dans le jardin et ça relève du miracle. Françoise regarde la vieille brouette qui traîne, les herbes folles qui s'entrelacent et la cabane décrépie où ses deux filles allaient se réfugier autrefois avec leurs petits chatons qu'elles prenaient dans leurs bras et câlinaient, couchées sur une pile de plaids.

D'habitude, c'est Linh qui se plante devant cette porte quand elle rentre à la maison. Elle est exposée plein sud, et elle aime bien sentir les rayons du soleil d'hiver lui chatouiller le front. « Je suis carencée en vitamine D, avec le temps pourri de Lyon », râle-t-elle en permanence. À cette période de l'année, la lumière renvoyée par le soleil se réverbère dans les petites boules à facettes argentées que Linh dispose dans le sapin de Noël, qui dessinent alors des dizaines de points lumineux sur le plafond. Linh est rentrée pour quelques jours, mais le sapin n'est pas encore installé et elle ne se tient pas à la porte. Elle reste dans son lit, pas lavée, en pyjama, et parle peu à l'heure des repas. Quand elle est arrivée à la gare de Montpellier, Linh s'est mise à sangloter et a dit qu'elle avait besoin de voir son médecin traitant pour une prescription de début de psychothérapie. « Je suis fatiguée », répétait-elle dans la voiture.

Françoise a envie de rester comme ça, plantée devant cette porte. Il y a peu, sa fille Lila leur a annoncé, à elle et Christophe, qu'elle était enceinte. Ça l'a replongée deux ans en arrière, quand c'était déjà arrivé, mais que Lila avait avorté. Il y avait eu une échographie, elle n'avait pas voulu regarder l'écran et était rentrée chez elle tout de suite après, sans décrocher un mot à ses parents. Personne n'en avait plus jamais reparlé. Aujourd'hui, Françoise croit que sa fille n'est toujours pas prête : « T'as pas de boulot, vous allez galérer, je sais pas si tu te rends compte de ce que c'est, avoir un bébé. » Lila et son copain veulent le garder, coûte que coûte, « pour vous, vous êtes pas jeunes, je veux que vous connaissiez ça ». Françoise était restée interloquée. Elle ne comprend pas ce raisonnement, « ça veut dire quoi, ce *ça* ? », mais en regardant le bougainvillier, elle se dit qu'ils ne sont effectivement plus jeunes avec Christophe. Ses hanches commencent à lui faire mal quand il fait humide, et Linh leur dit parfois qu'ils radotent. En ce moment, Françoise relit *Les Années* d'Annie Ernaux, qui dit que sans ses enfants, elle ne pourrait pas se situer dans le temps, elle repense à France Gall et à l'escalier en colimaçon.

***

Il y a quelques mois à Lyon, Françoise était assise au milieu d'une grande table dans un bouchon lyonnais réputé. Christophe se tenait en face d'elle, et il ne disait rien. Ils étaient entourés des parents des colocs de Linh ; comme ils étaient tous en visite chez leurs filles respectives, ils s'étaient dit que ce serait bien de se rencontrer. Françoise et Christophe ne vont jamais au restaurant, à part quand Linh leur demande de faire quelque chose pour son anniversaire. Leur premier réflexe est de vouloir l'emmener au buffet asiatique à volonté près de la maison, mais contrairement à l'excitation que cela provoquait quand elle était enfant, elle fait désormais la moue et demande à aller « dans un endroit un peu plus classe ». Linh adore aller au restaurant de temps à temps depuis qu'elle vit à Lyon, eux sont dépassés par cette pratique. Françoise est mal à l'aise de se faire servir, elle allait rarement au restaurant dans les Vosges. Pourquoi payer pour quelque chose qu'on peut faire tout aussi bien chez soi ?

Les autres parents des colocs étaient avocats, profs agrégés, avaient fait des prépas. Afin qu'on ne pose pas la question à Christophe : « Et toi, tu as fait quoi comme études ? » et qu'il doive dire qu'il n'a pas son bac, Françoise a détourné la conversation. Elle se dit que s'il n'était pas là, elle pourrait aisément passer pour l'un des leurs mais avec juste une génération d'écart. Dès qu'elle a cette pensée, la culpabilité la traverse. Ils ont parlé du dernier film primé à Cannes mais avec les mots de gens qui lisent *Télérama*, et même si Françoise adore aller au cinéma, elle n'a pas osé prendre part à la conversation : elle, elle aime aller dans une salle, s'asseoir seule au fond de la pièce souvent vide, regarder les gens qui entrent et observer où ils se placent, s'ils ont pris du pop-corn. Françoise adore ou déteste tous les films qu'elle voit, mais elle n'a pas forcément d'avis à donner sur chacun d'eux. Eux, ils aiment le *cinéma*, le septième art quoi, et ils ont un avis nuancé sur chaque œuvre. Pendant ce repas, elle a compris le gouffre qui les séparait : eux sont nés comme ça, avec tout leur bagage. Ils ne pouvaient être rien d'autre que des bourgeois. Elle a fait beaucoup pour devenir comme eux, mais ce repas dans le bouchon lyonnais la confronte à ce qu'elle a laissé derrière elle – les montagnes vosgiennes, l'ennui vertigineux, son père – et les fragments de l'avant qu'elle a emportés avec elle : Christophe par exemple, qu'elle connaît depuis qu'elle est enfant et qui vient du même endroit.

Sur le quai de gare pour rentrer à Montpellier, Françoise et Christophe ne reparlent pas du restaurant, mais la hâte qu'ils mettent dans le fait de monter dans le train montre qu'ils cherchent à fuir la honte.

Linh, Lyon, hiver 2017

Je n'aime habituellement pas les quais de gare, ça me rappelle trop de séparations et une tonne d'« à bientôt » qui finissent par s'étirer dans le temps. Aujourd'hui je suis contente, mais j'ai peur aussi, parce que Martin vient me voir depuis l'Allemagne. En attendant le train, je regarde les gens qui ont une valise à côté d'eux, ceux qui ont les mains dans les poches parce qu'il fait froid mais qu'il faut bien attendre le sifflement du cheminot signalant l'arrivée du premier wagon sur la voie.

Je trouve ma vie curieuse en ce moment. J'ai commencé une thérapie avec un psychiatre âgé qui ne dit rien quand je lui raconte ma vie. Je ne sais pas si c'est censé être comme ça, une séance de psy, mais c'est remboursé par la Sécu alors je continue. Malgré ça, ma vie est quand même un peu palpitante, car il est drôle que j'aie entamé une relation avec Martin alors que nous étions à plus de 10 000 km l'un de l'autre et qu'il vienne aujourd'hui me voir à Lyon pour quelques jours, la première fois depuis que l'on s'est quittés dans la moiteur de Shanghai. J'ai peur de ne plus aimer Martin quand je le reverrai, parce que Lyon c'est pas Shanghai, et que Shanghai c'est déjà loin même si c'était y'a quelques mois.

J'ai en horreur les dictons du style « le hasard fait bien les choses », mais j'y crois un peu sur ce quai de gare lyonnais. Je n'y crois en même temps pas du tout depuis que je sais que Lila attend un bébé et que ça m'angoisse profondément ; je ne veux pas penser à ce que ça veut dire, devenir une tante. Je n'arrive toujours pas à éprouver de la compassion pour ma sœur ; toutes nos disputes, les cris de notre mère et le visage désemparé de notre père me reviennent en pleine face. Je sais que je suis dure, mais tout est encore si verrouillé. J'y crois encore moins, à ce hasard qui ferait bien les choses, depuis que la grande sœur de Martin a perdu son bébé d'une fausse couche quand Lila est tombée enceinte.

J'expire, inspire, expire au sifflement du train. Je me dis que ça risque d'être gênant si on ne s'aime pas autant qu'on l'imagine.

***

Le train de Martin est reparti direction l'Allemagne, et je regarde la lettre format carte postale qu'il m'a écrite avec sa main de designer appliqué. On dirait que tout a été tapé, mais avec un stylo noir Muji, de ceux que Martin utilise pour écrire et dessiner à la va-vite dans ses beaux carnets. Sous mes yeux défilent des mots d'amour écrits bien droits – droits comme Martin qui s'apparente à un arbre centenaire auquel j'ai envie de m'accrocher – et ceux-là humidifient mes yeux. J'aime ça, tout ce qui est droit, solide, inaltérable, ça me rassure et je me dis que ça y est, je suis amoureuse. Je le suis encore plus quand je vois que Martin a dessiné sur la carte une rue où est écrit *rue Justin Godart.* Plus tard, je lui demanderai au téléphone ce que c'est, il me répondra que c'est une rue où un mec lyonnais rencontré en boîte à Shanghai lui a dit d'aller quand il lui a expliqué qu'il se rendait à Lyon pour la première fois. « C'est à la Croix-Rousse, tu verras, y'a une vue incroyable. » Martin me promet que nous irons ensemble quand il fera meilleur.

Je repense aux flocons de neige tombant sur le parapluie de Martin au parc de la Tête-d'Or, tandis que les serres des jardins renfermant des milliers de plantes pour ne pas qu'elles gèlent dans le froid de l'hiver se sont couvertes d'un fin manteau blanc. C'est difficile d'entendre les oiseaux chanter à cette période de l'année, mais c'est pas grave ; c'est pas grave non plus si Martin me manque déjà : la neige tient sur le sol et je suis amoureuse.

Minh, Hô Chi Minh-Ville, 2018

Minh pose délicatement le moineau que Nhu a ramené dans un minuscule panier qu'elle a recouvert de coton. Ses yeux sont grands ouverts mais les piaillements qu'il lâche depuis son petit bec semblent dire qu'il a mal.

Nhu l'a ramené ce soir dans sa main ensanglantée, « je l'ai trouvé près de la maison, je crois qu'un chat l'a blessé ». Il ajoute d'un air paniqué que l'oiseau était tout seul mais qu'il a sûrement mal fait en le prenant ; après tout, un bébé moineau n'est pas censé être séparé de sa génitrice. Nhu a 17 ans et ses yeux sont toujours humides quand un animal souffre. D'ailleurs, il a décrété il y a environ un an qu'il ne mangerait plus de viande. « Je mangerai plus d'animaux morts, c'est trop horrible », avait-il solennellement annoncé pendant un dîner. Ses frères et sœurs s'étaient mis à rire grassement : « N'importe quoi, tu vas manger quoi si t'arrêtes la viande ? » Sang l'avait regardé d'un œil méprisant, et lui avait envoyé une claque dans la nuque en criant : *tapette*. Être une « tapette », c'est un peu le mot sacrilège pour Sang. Quand ils étaient plus jeunes avec Minh, il a une fois tabassé un couple d'hommes qui se tenait la main dans la rue. Alors, quand son père avait prononcé le mot banni, Nhu était devenu rouge et ses yeux s'étaient violemment mouillés. Minh avait intimé aux autres de se taire. « Laissez-le. Les bouddhistes sont végétariens. » Depuis, toute la famille a arrêté ses réflexions, et laisse Nhu tranquille quand il mange.

Quand Minh vient voir le moineau blessé le lendemain matin, celui-ci est mort, et le coton du panier est tout imbibé de sang.

***

Minh tamponne le nez tuméfié d'Anh Dào avec un linge humide, qui gémit de douleur et lui agrippe le genou comme une naufragée. Les souvenirs de la vieille Lan, assise sur son tabouret et soignant sa brûlure en pestant, lui reviennent d'un coup.

Il y a moins d'un an, elle a fini par parler à Anh Dào du marché, celle qui vendait plus qu'elle et dont elle était jalouse. Un jour où Minh a tout vendu, elle est allée acheter des légumes aux stands alentour pour le repas du soir, et dans un élan téméraire, elle a juste dit « moi c'est Minh » à celle qui deviendra sa seule amie ; d'ailleurs Minh ignorait qu'il était possible de s'en faire passé 50 ans. Anh Dào est beaucoup plus jeune qu'elle, mais on dirait parfois qu'elle a vécu un siècle. Comme Minh, elle connaît la violence, comme Minh, elle a perdu une fille, mais différemment. La sienne est morte à 1 an d'une malformation cardiaque.

« Et toi, elle est où, ton autre fille ? » lui a un jour demandé Anh Dào quand elles débarrassaient leur étal toutes les deux en plein soleil. Minh n'a pas répondu, pas par pudeur mais parce que la honte l'engloutit encore. Ce n'est que plus tard, un soir où le ciel était orange et l'air saturé de pollution, que Minh lui a dit en finissant son thé : « Ma fille, elle est en France. Avec d'autres parents français. Je l'ai laissée quand elle avait 1 mois. L'an dernier, elle m'a retrouvée, mais elle est repartie trop vite. » Minh s'attendait à des questions, des interrogations et de l'incompréhension. Au lieu de ça, Anh Dào a hoché la tête et a dit que si la France ça a l'air très beau, la nourriture vietnamienne reste la meilleure.

Aujourd'hui, en tamponnant le visage d'Anh Dào abîmé par les coups de son compagnon, Minh lui demande ce dont elle a besoin. Est-ce qu'elle veut du thé ? A-t-elle besoin de dormir chez elle, ou d'appeler sa famille ? Ce à quoi Anh Dào répond que c'est elle, sa seule famille, que sa mère la déteste parce qu'elle n'est pas mariée et que sa belle-famille est encore pire parce qu'ils disent tous qu'elle est une traînée. « Ça fait combien de temps ? » poursuit Minh, « pas très longtemps, mais assez pour que j'aie peur », répond Anh Dào. L'autre jour à la télé, Minh a vu un reportage sur les *violences conjugales,* un fléau que le Parti aurait apparemment envie d'adresser. La journaliste avec son micro, filmée devant un quartier populaire du nord de la ville, disait que la raison principale était la pauvreté, le manque d'éducation, l'alcoolisme, les jeux d'argent auxquels les hommes de ces quartiers se laissent aller. Minh a trouvé ça bizarre, même si tout est vrai pour Sang : « Ça veut dire que chez les riches, aucun homme ne frappe sa femme ? » s'est-elle demandé.

Quand elle voit les bleus de sa nouvelle amie, Minh a parfois envie de la faire monter à l'arrière de sa moto jusque dans le centre de Hô Chi Minh pour l'amener dans les locaux de cette association qu'elle était allée voir il y a longtemps, quand elle était enceinte de Ngoc Linh. Elle ne le fait jamais, parce qu'elle sait qu'Anh Dào a peur, mais aussi parce qu'elle-même a peur que la dame qui l'avait autrefois reçue la reconnaisse.

Linh, une salle de cours lyonnaise, 2018

Je voudrais détruire le mec assis en face de moi dans la salle de cours disposée en U pour le fameux « débat » hebdomadaire du cours d'anglais. Je me dis que je veux me le faire, que je lui veux du mal. J'aimerais qu'il s'étouffe avec le col de sa chemise couleur bleu ciel, et que ses petites lunettes juchées sur son nez droit se brisent pour lui crever les yeux. Je prie pour que lui aussi ressente un jour la honte de s'exprimer devant les autres, et cette désagréable impression de vivre en dehors de soi. Je sais pourtant parfaitement que ce genre de mec n'aura jamais à accueillir la honte en lui, c'est une émotion qu'il ne connaît pas et ne connaîtra jamais. Ces hommes ont juste à se frayer un chemin dans la vie sans réfléchir.

Plus l'heure tourne, plus il prend de place. Ses jambes s'écartent jusqu'à toucher celles de sa voisine de classe qui se recroqueville sur elle-même sans s'en rendre compte, lui redresse son buste comme un paon prêt à faire la roue. Il est si confiant, ce type, avec sa bouche qui ne vomit que des horreurs et qui font rire la moitié de la classe. Je le hais mais je peine à retenir son prénom parce qu'ils sont tous les mêmes ; l'école pullule de mecs comme lui, tous persuadés d'être dans leur bon droit, tous absolument certains qu'ils réussiront. C'est factuellement le cas : tous réussiront alors qu'ils sont des agresseurs, des menteurs, des gens brutaux.

Malheureusement, je ne suis pas autorisée à détruire physiquement le mec en face de moi, alors je l'observe avec attention et je m'attache à écouter chaque détail de son argumentation antiféministe et vide de sens, bien que cela soit insupportable. Je me dis qu'ils n'ont pas le luxe de l'unicité, ils fonctionnent tous de la même manière.

J'ai commencé ma contre-attaque, d'abord en m'organisant avec mes autres copines féministes. Tout le temps en disant ce mot, je me sens comme un taureau dans l'arène que la foule souhaite voir mourir, comme la fois où le collectif féministe de l'école dont je fais partie est venu parler d'un événement en plein amphi. Tout ce que nous avons reçu, ce sont des sifflements et des insultes : « Hystériques ! » disaient-ils.

Sciences Po a la manie de l'éloquence et des débats, mais ceux-là ne sont toujours qu'une foire d'empoigne où l'on se retrouve à discuter de l'humanité de certaines catégories de la population. Dans cette mascarade, je n'entends presque jamais l'opinion sincère de mes profs sur ce qu'on nous enseigne, et je commence à vouloir qu'on nomme les choses, je n'en peux plus de cette *neutralité*.

Il y a deux ans, en cours d'histoire, il a fallu mettre en scène un débat sur la guerre d'Algérie. Pas de direction particulière à prendre, seulement des personnages à incarner, avec leurs opinions politiques plus ou moins sordides, et un affrontement à mener sous les yeux excités de la prof. J'ai choisi d'être Djamila Boupacha ; il a fallu parler du FLN, de la torture et du viol, tout ça pour le pathos, c'était gênant mais on ne me laissait pas le choix. En face de moi, un garçon qui incarnait un Français a dit : « De toute façon, vous les Algériens, vous êtes comme les *niakoués* au Vietnam, il aurait fallu tous vous dégommer », et presque tout le monde a ri parce que c'est drôle, le mot *niakoué*.

Plus ils rient, plus la colère gronde en moi. J'observe parce que je me prépare, je me prépare parce que je veux ma revanche, et j'exige qu'elle soit belle même si j'ignore quand elle adviendra.

Françoise, à la maternité de Sète, 2018

La sage-femme dit que Lila n'a crié qu'une seule fois pendant l'accouchement et qu'elle a plus ou moins dû pousser un grand coup jusqu'à ce que le bébé sorte. « Ça dépend des personnes », explique-t-elle, « certaines hurlent à la mort parce que c'est difficile, pour d'autres ça passe comme une lettre à la poste. » Dans le fond, Françoise n'est pas étonnée.

Lila a très peu parlé de sa grossesse. En fait, elle parle si peu depuis si longtemps que tout le monde dans la famille se souvient des crises monumentales de Françoise à l'heure des devoirs, qui prenait Lila par les épaules en la secouant et en criant : « Mais dis quelque chose, bon sang ! », et Lila ne disait rien, jamais. Quand elle a traversé une phase dépressive et qu'elle a perdu plus de quinze kilos en quelques mois, elle est revenue quelque temps vivre chez Françoise et Christophe. Un jour où Linh est rentrée de Lyon, elle a entendu un grand *BOUM !* Lila était tombée dans les escaliers comme une masse et avait du mal à bouger, son petit corps étant à peine plus lourd que celui d'un oiseau. Linh l'avait relevée doucement pour la mettre sur le canapé avant d'appeler ses parents, tout en demandant d'une voix calme à sa sœur : « Ça va ? Tu as mal ? », et elle avait répété ça toutes les minutes jusqu'à ce que Françoise et Christophe arrivent pour emmener Lila aux urgences. Pas une seule fois celle-ci n'avait répondu à sa petite sœur, pas parce qu'elle ne voulait pas, se disait Linh, mais parce qu'elle n'y arrivait pas.

Pendant la grossesse, le ventre de Lila était donc à l'image de ce qu'elle renvoyait au monde : quelque chose de tout petit, qu'on voit à peine et qui ne souhaite pas être vu. Françoise a du mal à retracer le fil de ces derniers mois, rythmés par les rendez-vous médicaux, l'annonce du genre du bébé – « Vous allez avoir un petit-fils », avait dit Lila d'un air neutre –, les achats en vue de son arrivée.

Linh non plus ne parle pas quand il s'agit de Lila. C'est comme si une barrière faite de créatures à la fois rugissantes et silencieuses s'était érigée entre elles, pour devenir toujours plus haute, plus infranchissable, à la façon d'une immense barricade qui maintiendrait un statu quo étrange entre deux terres devenues étrangères l'une à l'autre. Françoise repense au moment où elle lui a annoncé la grossesse de Lila au téléphone : « Ah », a dit Linh, avant de lui raccrocher au nez. Sa mère a attendu qu'elle rappelle, assise bien droite sur le canapé du salon, et ça n'a pas manqué, en décrochant elle a écouté sa fille cadette pleurer et crier et répéter en boucle : « J'en ai marre, elle fait que nous pourrir la vie. Qui c'est qui va s'en occuper du gosse ? Vous serez pas là toute la vie, et moi il est hors de question que je porte ça sur mes épaules, j'ai ma vie moi, elle est tellement irresponsable. » Après ça, Linh n'en a plus parlé et a fait sa vie, comme elle dit ; elle faisait d'ailleurs sa vie quand sa mère l'a appelée ce jour de juillet pour lui annoncer la naissance de Noah. Elle est en stage estival à Shanghai, sa ville chérie où elle peut voir Martin qui bosse encore là-bas, et a une semaine de congé, alors elle en profite pour voyager et aller voir l'armée en terre cuite.

— Tout va bien, Lila va bien, le bébé aussi. Il s'appelle Noah.

— Noah… C'est joli, Noah.

Linh a l'air sous le choc et sa voix tremble : « Attends, désolée maman, je bois une bière avec Martin. Envoie-moi une photo, OK ? » Linh lui répond plus tard :

Bienvenue dans ce monde, Noah, et pardon de ne pas pouvoir te rencontrer tout de suite.

Tu ressembles beaucoup à ta maman, et tu as déjà plein de cheveux !

À très vite, tata Linh.

Martin est le seul à savoir que Linh a pleuré des larmes silencieuses après l'appel, tout en tirant sur sa cigarette, et qu'elle lui a dit : « Je l'aime déjà, mais j'ai peur de mal le montrer. »

Si Françoise a toujours fantasmé le fait d'être mère, elle n'a jamais imaginé qu'un jour l'une de ses enfants pourrait le devenir pour faire d'elle autre chose qu'une mère : *grand-mère* ne veut pas dire grand-chose pour elle, et le passage de l'un à l'autre n'est pas tout à fait inné ; elle n'a ressenti ni joie ni euphorie à l'annonce de cette grossesse, mais plutôt un immense sentiment d'inquiétude. Celui-ci a fini par se dissiper à l'approche de l'accouchement, parce qu'il fallait être là : Françoise a accepté son statut de grand-mère de façon quasi automatique, parce que c'est comme ça, parce qu'il n'est pas possible de faire autrement. Quand elle voit le tout petit Noah qui a les yeux clos et qui n'a pas demandé d'être là, elle se dit qu'être sa grand-mère n'est pas quelque chose qui se refuse.

Minh, Hô Chi Minh-Ville, 2018

Minh observe son petit-fils jouer « à la guerre » du coin de l'œil. Lan aurait détesté ça, mais elle n'est plus là. Le gosse de Kim est dodu, rieur mais colérique ; ça lui arrive d'attraper des chaises avec ses petits bras et de vouloir les lancer contre le mur quand quelque chose le contrarie, ce qui est grotesque vu son gabarit. Minh ne supporte pas cette façon d'agir, elle n'aime pas qu'on fasse voler des objets pour exprimer son mécontentement. Ça lui rappelle de mauvais souvenirs. Quand elle regarde son petit-fils, elle voit aussi sa fille aînée : elle retrouve dans son visage sa douceur, son indolence et sa maladresse qu'elle tente de dissimuler sous des airs joyeux. Ça se voit que Kim a peur de déranger, ça se voit qu'elle a peur d'exister. Elle est corpulente, mais elle se cache en permanence, et quand son mari rentre dans la pièce où elle se trouve, son corps imposant se tasse et c'est comme s'il rétrécissait petit à petit. Minh sait parfaitement ce qu'il se passe quand sa fille rentre chez son mari le soir. Parfois, quand elles cuisinent toutes les deux, Minh prend une grande inspiration, parfois deux ; elle se dit que ça y est, elle va lui parler et lui dire qu'elle va l'aider, qu'elle doit partir et quitter son mari. À chaque fois, elle se ravise et continue son activité en se disant qu'elle aurait l'air stupide, à lui donner des conseils qu'elle n'a jamais su appliquer pour elle-même, et que c'est un peu sa faute dans le fond. Elle n'a pas su donner l'exemple.

***

Un jour, Anh Dào lui demande comment il est possible que son mari ait cessé de la frapper.

Minh trouve la question d'Anh Dào frontale, mais elle est touchée par sa franchise doublée d'une naïveté qui l'attendrit. C'est pour ça qu'elle ne lui ment jamais quand il faut lui répondre : elle en est incapable, la vérité coule de sa bouche.

Ce qu'elle répond quand Anh Dào lui demande ça, c'est que Sang ne s'est pas arrêté du jour au lendemain, parce qu'en effet un homme n'arrête pas d'être violent juste comme ça, mais que quelque chose a changé après que Ngoc Linh est partie et que les deux aînés ont commencé à grandir. Les accès de violence s'étaient espacés, les verres d'alcool le matin étaient de plus en plus rares. Il arrivait que Sang boive de temps en temps et que les coups pleuvent parfois sans prévenir, mais Minh s'en accommodait parce que c'était exceptionnel. Elle réfléchit, elle se demande quelle est la vraie raison de cette amélioration. Elle s'apprête à confesser quelque chose qu'elle sait être terrible, mais à la fois si vrai qu'elle est en état de choc de le réaliser. « C'est surtout que nous étions tous les deux très soulagés de ne plus avoir Ngoc Linh, j'imagine que nous avions moins de tension en nous. Notre situation était vraiment compliquée quand elle est née, après, ça a commencé à aller mieux quand les enfants ont grandi, qu'ils ont pu travailler. »

Elle dit ça d'une traite, sans regarder Anh Dào dans les yeux après avoir avoué l'inavouable, parce que Minh a peur d'y voir son reflet et d'y voir une femme coupable. Elle se contorsionne sur son petit tabouret en pensant que ça rendra peut-être le silence plus acceptable, mais son amie vient brutalement le briser en disant : « Je comprends. J'aimais beaucoup ma fille, mais quand je suis tombée enceinte, je me disais que j'aurais préféré qu'elle n'existe jamais, vu les circonstances. » Anh Dào l'ignore, mais elle vient de faire à Minh un cadeau d'une valeur inestimable en accueillant l'indicible sans trop poser de questions. Elle vient de prendre la boule de culpabilité et de honte qu'elle porte en elle et de l'écharper en miettes, prêtes à s'échapper pour se transformer en autre chose. Minh ne sait pas ce qu'elles vont devenir, mais elle sent que dire sa vérité, celle qu'elle trouvait si ignoble qu'il était impossible de la révéler à quiconque, signe la fin de la honte. Selon elle, c'est la honte qui laisse les traces les plus vivaces et qui crée les souvenirs les plus persistants, ceux dont on pense qu'on n'arrivera jamais à se défaire si personne ne nous en fait le cadeau.

Linh, chez le psy à Lyon, 2018

J'ai honte d'admettre ma défaite face aux monstres, mais le Xanax ne suffit plus face à leurs provocations constantes, alors à la rentrée scolaire de ma dernière année lyonnaise, je repousse la porte du cabinet de mon psychiatre et je m'assois sur le fauteuil en cuir si grand pour moi que je m'enfonce dedans comme pour disparaître. Je ne comprends pas pourquoi mon psychiatre s'assoit sur une chaise en face de moi à l'autre bout de la salle de consultation. « Pourquoi sortir de derrière son bureau si c'est pour rester aussi loin de moi ? » Son visage de soixantenaire est curieux, surplombé d'une paire de petites lunettes rondes qui lui donnent un air constamment surpris. Il ne prend jamais de notes, et me regarde d'un air si concentré pendant les consultations qu'il m'arrive de détourner le regard pour ne pas sentir ses yeux posés sur moi. Parfois, il arrive que je décroche pendant la séance et que je me surprenne à ne pas finir mes phrases, les yeux rivés sur la bibliothèque remplie de livres de psychiatrie *old school* à la reliure imposante, pendant que le thérapeute attend patiemment que je reprenne le fil. Il a l'air de venir tout droit d'un autre temps, et quand je lui tends en fin de séance un chèque de 50 euros qui me sont heureusement remboursés, je ne comprends pas en quoi la séance m'a été utile. J'ai l'impression qu'il manque quelque chose, mais je ne sais pas quoi.

Ça fait pourtant un an que je me rends assidûment à ce cabinet, avec une grande interruption estivale les mois précédents. En juillet Noah est né. La première fois, en 2017, j'étais venue parce que je ne trouvais plus le sommeil. Pendant des mois, les séances s'étaient enchaînées, pendant lesquelles je parlais de Martin, des insomnies, de ma procrastination quasi maladive. Je savais qu'il fallait que je parle de Nhu, mais ça ne sortait jamais qu'au travers de phrases si creuses et superficielles que j'avais envie de me gifler dès que j'y parvenais. Une fois, j'ai testé un autre psy pour voir, « tu sais, l'avantage des psys, c'est que tu peux en changer comme tu veux, comme les chaussures », me disait ma coloc. Sur cet autre fauteuil, j'ai cette fois parlé de Nhu, de Lila, du Vietnam et de tout ce que j'ai laissé là-bas. C'était le crash test. « Finalement, c'est important de faire des parallèles », a dit le psy. « Si vous apprenez le mandarin, c'est parce que vous avez été bercée par le son de la langue vietnamienne et que ce sont deux langues asiatiques. Vous essayez de recréer à partir du peu que vous connaissez. » Je n'ai pas osé le contredire parce qu'on dit souvent que les psys ont raison, mais je sens que quelque chose est profondément erroné dans ce que je viens d'entendre. Sur le moment je me dis juste que je trouve ça complètement con, je le paie et je n'y retournerai plus jamais.

Toute l'année, l'existence de Martin a retenu mes monstres dans une petite boîte, comme on retient des chevaux de course furieux et prêts à détaler sur l'hippodrome. Contre toute attente, après que l'on s'est retrouvés à Lyon, on ne s'est plus quittés, malgré les fuseaux horaires différents des débuts, les quais de gare et les vols Lyon-Munich quand Martin est définitivement rentré en Allemagne. En 2018, on s'aime encore, beaucoup. De toute façon, j'aime toujours beaucoup.

Le truc, c'est que l'amour devient dissonant quand je pense à la mort. Je me dis que ça sert à rien d'aimer puisque quand je serai morte, j'oublierai ce qu'est l'amour, et on m'oubliera moi aussi. Je suis convaincue qu'il n'y a rien de beau après la mort, et cette réalité immonde me refrappe de plein fouet l'été 2018. C'est violent, d'être percutée par cette réalité après tant d'années de divertissement : *pourquoi maintenant, pourquoi à ce moment de ma vie ?* je me demande. Je ne comprends pas, tout s'effrite et je m'enfonce dans la nuit. Ça peut être beau, la nuit, mais la mienne est sans fin, et peut-être qu'une nuit sans fin c'est comme une pièce où il n'y a aucun bruit, à part celui de son propre cœur qui bat. Ça paraît beau sur le papier mais à la fin on devient juste fou.

Avant ma rentrée en master quand je cherche un nouveau logement à Lyon, la mezzanine d'Helio, qui m'a prêté son appartement pour que je fasse mes recherches, ressemble à un tombeau. J'y suffoque toutes les nuits, pendant lesquelles je ne pense plus à Nhu mais à la mort, et je me demande comment c'est possible, de cesser d'exister. J'ai de nouveau 8 ans avec mes petits coudes posés sur la table et mes mains touchent les murs pour me raccrocher à une forme de réalité. Quand j'étais petite, il m'arrivait fréquemment de tomber du lit et de me faire mal ; un jour, ma mère a donc placé un ours en peluche géant – qui n'est en réalité vraiment pas grand – sur le sol et m'a dit : « Si tu tombes, nounours te rattrapera. Il faudra que tu lui dises merci, et seulement quand ce sera fait, tu pourras remonter dans ton lit. » À chaque chute, j'appliquais les consignes de ma mère à la lettre, et puis petit à petit, j'ai cessé de tomber, peut-être parce que je savais que l'ours était là et que ça me rassurait. Dans la mezzanine d'Helio, je pense à la chute symbolique que je suis en train de faire et je me dis qu'il n'y a rien qui m'attend en bas si je tombe. Tout, même ce qui m'est le plus cher – les voyages avec Martin, le rire de mes potes quand on traîne tous ensemble sur le canapé d'Helio et le petit doigt de Noah qui serre le mien quand il s'endort – me semble insignifiant.

Aujourd'hui, prostrée dans mon fauteuil en cuir, je pense à tout ça mais je peine à expliquer pourquoi je suis là. Je ne parviens pas à raconter mes yeux grands ouverts le soir avant de m'endormir et la peur de ne jamais me réveiller si je me laisse aller au sommeil, l'impression de sortir de mon corps comme un personnage omniscient pour m'observer vivre – j'apprendrai plus tard qu'il s'agit d'une forme de *dissociation* – et trouver ça absurde de vivre, puisque je vais mourir ; je ne parle pas non plus des nuits où j'envoie frénétiquement des textos à ma mère pour vérifier qu'elle et mon père vont bien, qu'ils ne sont pas encore morts et qu'ils ne mourront pas demain, ni des minutes passées à compter le temps qu'il me reste avec eux compte tenu de leur âge avancé. Je n'évoque pas non plus les pensées suicidaires parce qu'au moins, « je serai celle qui choisira comment partir », et puis la marche arrière immédiate quand je l'envisage parce que ça reste la mort et que la mort c'est affreux. C'est toujours l'oubli, celui des autres et de ma propre vie, et c'est cet oubli que je ne peux pas accepter.

Quand le psychiatre me demande avec son air curieux ce qui m'amène aujourd'hui après trois mois d'absence, je réponds que j'ai peur de mourir, et que j'y pense tellement en ce moment que ça m'empêche de vivre. Il me demande à quoi je pense quand l'idée de la mort me rattrape, je passe tout ce qui vient de me traverser l'esprit mais je dis que je m'imagine une fin lente et douloureuse, ainsi que tous les autres détails, comme mes funérailles. « Je ne pense pas que vous soyez la seule à le faire, vous savez », répond le psy. Je réponds que je sais. Quand j'imagine mon enterrement, j'ai peut-être un peu moins peur de la mort parce que je peux partiellement décider de ma propre fin, la modeler à ma volonté, alors que la mort, c'est la seule chose que je ne puisse pas contrôler.

Linh, bientôt à Bangkok, fin 2018

Pour ne plus penser au fait que je vais crever un jour, je fais en général deux choses : soit je me divertis, soit je fuis. Quand je décide de faire un stage de fin d'études à Bangkok, je signe le début de ce que je pense être une sorte de cavale. Je ne connais personne là-bas et j'espère pouvoir m'y réinventer, je suis sud-est asiatique mais je n'ai jamais vécu dans cette partie du monde, même si la Thaïlande fut la première destination de vacances en Asie de ma vie ; d'ailleurs, ces vacances sont mes premiers souvenirs d'enfance. Je me souviens de mon père qui se fait chatouiller avec moi dans la mer pleine de poissons minuscules, du lézard avec la langue orange posé sur la main d'un serveur, et de mes chaussures roses qui clignotent à chaque fois que mes pieds minuscules martèlent le sol.

Dans quelques semaines, je vais m'installer dans une ville dont le nom complet est :

Ville des dieux, grande ville, résidence du Bouddha d'émeraude, ville imprenable du dieu Indra, grande capitale du monde ciselée de neuf pierres précieuses, ville heureuse, généreuse dans l'énorme palais royal pareil à la demeure céleste, règne du dieu réincarné, ville dédiée à Indra et construite par Vishnukarn.

Ce nom est à l'image de tout ce que j'imagine et fantasme de cette ville qu'on appelle la Cité des anges : un endroit opulent, fou, surréaliste, chaotique, étouffant, presque cauchemardesque. « C'est pas plutôt Los Angeles, la Cité des anges ? » se demande ma mère. « Si maman, mais Bangkok aussi. »

Les préparatifs de ma fuite me font oublier pour un temps ma peur de mourir. Je ne laisse rien ici, Lyon n'a plus grand-chose à m'offrir. Je me dis que j'ai fait mon temps en remplissant avec mes parents les cartons de mon dernier appartement lyonnais. En faisant ça, je regarde mes parents courbés et je les trouve bien moins endurants qu'avant. Ma mère se plaint des marches à monter et répète pour la centième fois au moins que *c'est la dernière fois qu'on te déménage, mets-toi bien ça dans le crâne, on a passé l'âge.* Mon père, malgré sa toux matinale, tient toujours ses cigarettes roulées entre ses doigts jaunis par le tabac. Quand je pense à l'odeur de mon père, je pense au tabac froid qui a jauni sa moustache et à la terre mouillée. Je suis inquiète pour eux et j'ai peur qu'ils meurent bientôt, tous les deux ensemble, comme s'ils ne formaient qu'une seule et même entité vouée à disparaître en même temps. Je les regarde porter mes cartons en se disputant et la terreur de ne plus pouvoir compter sur eux un jour m'envahit. Je cligne des yeux une fois, deux fois, trois fois pour chasser cette pensée nocive, pense à la moiteur de Bangkok où je crois que je vais pouvoir être ce que je veux, sans tout ce que je décide de laisser ici.

Ces derniers mois à Lyon sont passés comme un songe. Dès que j'ai posé mes valises dans mon dernier appartement, j'ai compris que les quatre mois qui allaient suivre ne seraient qu'une transition vers autre chose, et que cette autre chose s'apparenterait, de près ou de loin, à la revanche que je souhaite voir advenir depuis longtemps. Cette transition commence quand je rencontre *Anita qui est la pote de ma coloc de Shanghai qui est la pote d'Été* ; je dois toujours reprendre mon souffle quand j'explique ça aux gens à qui je la présente parce que c'est compliqué et surtout tout le monde s'en fout un peu. C'est facile entre nous. Pas de silences gênés, ni de rires forcés. Elle est un peu extraterrestre et visionnaire, je la trouve en avance sur tout le monde. J'ai toujours voulu avoir une amie qui formulerait tout ce que je n'arriverais pas à dire quand les mots me manquent, une amie qui vivrait un peu dans ma tête sans pour autant m'envahir comme un parasite et dire à ma place. J'ai trouvé ça en elle : elle écoute, analyse, comprend tout et reformule mes pensées inachevées en les rendant plus percutantes. C'est elle qui me suggère d'écouter un podcast connu qui parle de race sociale en France, il vient juste de sortir et je n'en ai jamais écouté de ma vie, de podcast. Un soir, je suis en train de cuisiner et j'entends en même temps les voix des animatrices parler de ce qui est appelé le *mythe de la minorité modèle* chez les communautés asiatiques, et ça fait clic dans ma tête. « C'est comme si j'écoutais toute ma vie, c'est fou », je m'extasie auprès de tous mes amis à propos de cet effet miroir que je n'ai jamais eu. Je suis prise d'une frénésie qui ne fait que grandir en moi ; je m'abonne à Spotify pour avoir accès à tous les podcasts que je veux, je lis tous les articles qu'Anita m'envoie et je commence à entendre parler de *décolonialisme*. Je sens une crispation autour de tout ça, surtout à l'école où il est difficile d'en parler. Je sens une boule de colère grandir en moi, mais cette boule ne m'étouffe plus comme quand j'avais 8 ans, elle me met en action, m'électrise, me donne envie de m'étendre. Je pense à Été qui est retournée en Chine, j'ai envie de l'appeler pour lui parler de cette colère et pour savoir si elle aussi voit sa propre boule grossir ; j'aimerais lui dire : « Été, tu me manques, et bientôt quand on comprendra mieux le *nous*, on pourra guérir le *je* pour se retrouver de nouveau », mais j'ai encore besoin de comprendre. En attendant, je vois sur les réseaux sociaux qu'Été partage les mêmes articles que je lis, et qu'elle écoute les mêmes podcasts. « Elle fait son chemin elle aussi », je me dis, et je ne suis pas près de m'arrêter en plein milieu du mien.

***

Pendant ces derniers mois, Martin vit presque chez moi à Lyon, et je suis envahie par une émotion inédite, celle de la panique à l'idée de partager un espace avec un homme. Je suis tiraillée, parce que compter sur sa présence quotidienne me rassure, mais j'ai parfois envie qu'il reparte en Allemagne.

Penser aux courses, prévoir les repas, parler de ménage avec Martin : tout ça me déstabilise. J'ai l'impression de tout lui expliquer comme à un enfant, de devoir tout anticiper, de penser à tout. Qui fait attention à ce que les légumes bios de la coopérative ne pourrissent pas dans le frigo ? Moi. Qui se met à pleurer en plein milieu d'un rapport sexuel parce que sa pilule contraceptive lui bousille les nerfs ? Moi. Qui a l'impression d'être une ratée quand son appartement n'est pas bien rangé ? Encore moi. Mon psy me dit de lâcher prise dans ma volonté de contrôle totalitaire, et je sais que j'ai un problème avec ça, le contrôle, mais je trouve ça injuste d'être celle qui doit faire des efforts.

Depuis quelque temps, j'ai l'impression d'aller trop vite pour Martin ; plus je comprends ma condition sociale, plus je lui en veux pour quelque chose. Il ne comprend pas assez vite, ou il ne comprend pas du tout, ou alors il comprend mal. À mes yeux, il en fait soit trop soit pas assez. Je commence à sentir poindre en moi le début d'une forme de dissonance : être féministe, et partager mon espace de vie avec un homme, même provisoirement, je trouve ça dissonant. Suffoquer dans des espaces blancs, et coucher avec un mec blanc, je trouve ça discordant. Je repense au mec du camp linguistique, au regard qu'il posait sur moi et à toutes ses ex asiatiques. J'ai peur que ça arrive de nouveau et cette méfiance prend la forme de défiance.

Dans le fond, je n'ai rien à reprocher à Martin à part le fait qu'il soit lui, un mec blanc à qui tout sourit.

***

Il y a eu la fois où je suis allée à une soirée lyonnaise avec Anita. Ce soir-là, il y a une horde de mecs qu'on ne connaît pas et qui font un bruit pas possible, ils se ressemblent tous et les voir s'agiter et danser sur *Les Lacs du Connemara* en chemise me dégoûte, on dirait les mecs de Sciences Po qui font du rugby. Ces garçons regardent danser avec un mélange de gêne et fascination un copain de soirée que je croise de temps en temps. Je l'aime bien, c'est un peu un OVNI, le seul mec de l'école à se dire bi et à ne traîner qu'avec des filles à part les deux seuls mecs ouvertement gays de la promo que tout le monde qualifie de *folles*. Au moins, je suis sûre qu'il ne me tripotera jamais en soirée. Ce soir, il se déhanche sur Beyoncé, il est efféminé et porte du rouge à lèvres, il se fout de tous ces regards éberlués qui sont braqués sur lui et ça nous fait rire avec Anita. N'empêche que ce soir-là, sentir la gêne et le dégoût dans les yeux de la horde de mecs présents provoque en moi quelque chose de désagréable : je vois bien à quel point c'est menaçant pour eux de voir une personne, censée être de leur côté, bouger dans l'espace différemment, et ça me heurte de voir leurs regards se poser sur son corps, un corps devenu indésirable et grotesque. Je commence à monter en pression, et ça explose quand l'un d'entre eux traite une fille de pute parce qu'on voit son string qui dépasse. Je ne sais pas ce qui me prend mais je me dirige droit vers lui, galvanisée, et suivie par Anita.

— C'est quoi ton problème ? Pourquoi tu la laisses pas tranquille ?

— Hein ? C'est rien, c'est pour elle, on voit tout son cul.

— Et ? C'est un problème qu'on voie son cul ?

Il me dit de me calmer et je lui réponds qu'il est un gros con qui se sent tout-puissant alors qu'il ressemble à rien. J'ai le cœur qui va sortir de ma poitrine quand je le dis parce que dans le fond, j'ai un peu peur qu'il me frappe, alors je tourne les talons avec une sensation d'euphorie totale, je prends mon manteau et je me barre avec Anita. On poursuit notre route dans le froid glacial, moi en danseuse sur un vélo, Anita assise sur la selle avec sa bouteille de bière dans la main. Nous sommes hilares quand on traverse le pont de la Guillotière, on ressemble aux filles qui rient, chantent et font du bruit dans les rames de métro avant d'aller en boîte. J'adore quand elles déboulent dans le wagon avec leurs tenues tapageuses, leur maquillage qui scintille et la dose de parfum excessive dont elles se sont parfois aspergées. Je les trouve belles, grandioses et prêtes à conquérir le monde. Ce soir aussi, en rentrant de cette soirée merdique, je me sens puissante avec Anita derrière qui me tient par la taille.

« C'était génial comme tu l'as descendu devant tous ses potes ! » crie-t-elle pour que je l'entende malgré le vent qui souffle sur le pont. Je réponds que *c'est clair, c'était énorme de voir sa tête, mais que quand même, la fille dont ils se sont moqués a dû se sentir trop mal.* « Ils étaient horribles, ces gars, continue Anita, ils occupaient tout l'espace ! Avant que tu partes à Bangkok et moi à Tokyo, on ira en soirée queer ensemble. » Je dis que je ne suis jamais allée à une soirée queer tout en continuant à pédaler à toute vitesse, j'ajoute aussi que je ne sais pas vraiment ce que *queer* veut dire. On rigole toutes les deux sur le vélo, jusqu'à ce que je dépose Anita en bas de chez elle. En finissant ma route toute seule, je repense à notre conversation, à Julia, et à la fois où j'ai dit à Anita, un peu alcoolisée, que je pensais aimer aussi les filles mais que *c'est bizarre de le dire quand t'es en couple avec un mec.* Je n'irai pas en soirée queer avec Anita à Lyon, mais tout ça viendra plus tard. Je sens que ma pensée se ramifie, et que ces rameaux, s'ils sont encore ténus, se fortifient.

Françoise, chez Lila, février 2019

Françoise masse les cheveux de Noah avec du shampoing à la camomille, ils sont forts et brillants et tout doux comme ceux d'un nourrisson. Si Linh voit peu son neveu, encore moins depuis qu'elle vit à Bangkok, avant qu'elle parte elle adorait plonger son visage dans les cheveux de Noah. La première fois qu'elle y a aperçu des croûtes de lait jaunâtres se détacher de son crâne, elle a cependant froncé son nez d'un air dégoûté : « Lila, c'est quoi ça ? » Quand elle a su ce que c'était, Linh a commencé à enlever les croûtes de Noah une par une, comme un singe qui épouille son enfant. Il a fallu que sa mère lui dise d'arrêter parce que les arracher risquerait de créer une irritation supplémentaire.

« Ah merde, je sais que c'est bizarre, mais j'aime bien faire ça. Bon, j'arrête. » Françoise pouffe en repensant à sa tête déconfite, elle trouve sa fille cadette tellement maladroite avec les enfants que c'en est presque comique. Quand elle porte Noah le temps que sa sœur aînée fasse quelque chose, elle le tient comme une grenade prête à exploser. Elle répète souvent à ses parents qu'elle n'aura sûrement jamais d'enfants, « tant mieux, se dit Françoise, je suis loin d'être une grand-mère dans l'âme ».

Depuis quelques semaines, Françoise sent que c'est Lila qui risque l'explosion. Pendant qu'elle rince la tête de Noah, elle observe sa fille aînée du coin de l'œil. Elle est prostrée sur son canapé et ne dit rien, ce qui n'est pas un problème en soi, mais c'est son regard qui inquiète sa mère. C'est le même que celui qu'elle avait plus jeune lors des disputes avec ses parents quand elle voulait leur faire mal en leur disant « vous êtes pas mes vrais parents », un regard si noir qu'on n'y voit plus rien, comme si un voile tombait sur ses yeux.

À la fin de l'été dernier, quand la sœur de Françoise est venue en vacances pour rencontrer le petit, celle-ci a pleuré parce que Lila s'est mise en colère après Noah qui ne voulait pas dormir. Elle l'a mis dans les bras de sa tante brusquement en disant : « Tiens, prends-le, moi j'en voulais pas de ce gosse de toute façon. » L'assemblée s'était tue de façon gênée, mais Françoise sait que quand sa fille se laisse aller à la cruauté, c'est uniquement pour exprimer autre chose. Françoise est impuissante et panique quand la pédiatre affirme qu'elle trouve Lila apathique, « on dirait qu'elle ne ressent rien envers le bébé ». Elle enrage de voir qu'elle s'inquiète plus que Christophe qui a l'air d'attendre que ça passe, elle a peur qu'il arrive quelque chose de mal à Noah qui n'a rien demandé alors elle s'investit tant bien que mal, sans grande conviction.

Quand c'est l'heure du bain, Françoise regarde Lila perdre patience quand le petit chouine un peu, dire à son copain « démerdez-vous, puisque c'est comme ça » et aller s'allonger sur le canapé. Françoise a la peur irrationnelle qu'elle fasse du mal au bébé, alors la dernière fois, quand elle a appelé Linh pour savoir comment elle allait, elle n'a pas pu s'empêcher de lui parler de tout ça même si elle sait que sa fille n'aime pas parler de sa sœur. Contre toute attente, Françoise a raccroché le cœur un peu apaisé après une grande diatribe féministe de Linh qu'elle n'a pourtant pas entièrement comprise. « Non mais maman, attends… C'est normal qu'elle ne se sente pas encore proche de Noah et qu'elle ne soit même pas sûre de l'aimer. C'est le patriarcat, ça, que tu sois une gamine, une femme ou une vieille tu subiras toujours des injonctions, donc ça serait bien que tu mettes pas trop de pression à Lila. » Françoise lui a répondu qu'elle, elle avait tout de suite aimé ses deux filles, à l'instant où elle les avait vues, et Linh s'est enflammée : « Lila et toi, c'est deux choses différentes. La pédiatre, c'est une vieille conne d'avoir dit ça. Moi, si du jour au lendemain je me retrouve avec un petit bébé dans les bras et un corps tout abîmé par la grossesse – ouais parce qu'il y a ça aussi, le post-partum, t'y as pensé ? – je pense que ça me prendrait du temps de l'aimer. Je pense même que c'est possible de regretter. C'est des conneries, l'instinct maternel, laissez-lui le temps. J'ai pas de gosse, mais être parent, ça prend du temps. » Françoise s'est sentie un peu piquée par le ton autoritaire de Linh, qui n'a pas mâché ses mots, mais elle sait qu'il y a du vrai dans ce qu'elle dit. « Tu penses pas que tu pourrais l'appeler pour lui dire tout ça ? » a-t-elle demandé à sa fille. Cette dernière a répondu du tac au tac : « Ah non, je saurais pas comment lui dire tout ça. Mais je vais lui envoyer des photos de Thaïlande, ça lui fera plaisir. Je suis allée sur une île le week-end dernier, c'était fou. Tiens d'ailleurs, c'est la merde avec mon coloc, on s'est disputés là-bas, il va partir et chercher autre chose. Oui, je sais, ça craint d'en arriver là, mais bon, j'ai pas le choix. Je l'aime pas, il est tellement con. Non, n'importe quoi, c'est pas parce que lui aussi il est à Sciences Po qu'il est intelligent, bien au contraire. Je déteste les hommes, c'est dit. »

Françoise, dans la cuisine du Sud, 2019

Françoise frotte la casserole si fort avec la brosse que les poils s'aplatissent et continuent leur lent chemin vers l'usure totale. De la cuisine aux placards couleur jaune délavé, elle entend Christophe faire le pitre à la table des invités. Il raconte des vieilles histoires qui datent de plus de vingt ans, elle l'entend déformer la vérité et exagérer, comme d'habitude. En tout cas, ça fait beaucoup rire l'assemblée.

Il parle fort, boit un peu trop de vin et ouvre les bouteilles à grand renfort de démonstration de force. Plus tôt, au moment de servir le plat principal, elle a dû lui répéter trois fois d'arrêter de faire l'idiot et de l'aider à découper la viande. « Mais je vais le faire, a-t-il dit avec le ton de l'évidence, pas la peine de t'énerver, il suffit de demander. » Il a ensuite découpé la viande devant les invités comme si c'était un spectacle, tout le monde a ri sauf Linh qui semble en colère, comme toujours. Pendant les repas où il y a d'autres gens qu'eux, les seules missions de Christophe consistent à s'occuper de l'alcool et de la découpe, et même pour ça il faut être derrière lui pour le lui rappeler constamment. Le reste du temps, il *aide* Françoise.

Tandis que celle-ci frotte la casserole après avoir débarrassé les assiettes des invités, Christophe fume une cigarette près de la piscine. Il a le don de s'échapper quand il faut tout nettoyer. Elle entend Linh qui traîne les pieds jusqu'à la cuisine, elle se plante à côté d'elle près de l'évier et dit qu'elle va l'aider. Sa fille met les assiettes et les couverts sales dans le lave-vaisselle sans un mot, puis rompt le silence en lui demandant :

« Ça te met pas en rage, de voir qu'il fait le con dehors alors que t'as l'échine courbée pour laver la saleté des autres ? » Françoise lâche sa brosse en fin de vie, elle a envie de l'étriper : pour qui elle se prend, cette nouvelle bourgeoise, à la juger alors qu'elle était bien contente quand sa mère lavait sa merde à elle ? C'est ce qu'elle aimerait lui dire là maintenant, pourtant, elle s'entend débiter une série de bêtises consistant à défendre Christophe et à dire qu'il fait sa part. Elle ne sait pas pourquoi elle fait ça, mais c'est ce qui se produit quand Linh les attaque, elle et Christophe, sur le partage des tâches domestiques dans la maison. Sa fille cadette, quand elle entend tout ça, hausse les épaules et lui dit qu'elle se ment à elle-même.

Le soir, avant de s'endormir, Françoise repense aux heures passées à nettoyer, ranger et cuisiner. Elle fait la liste de tout ce que Christophe ne fait pas depuis qu'elle est à la retraite et qu'elle passe plus de temps à la maison : les courses, prévoir les menus des repas, acheter les médicaments de son mari pour l'hypertension et s'assurer qu'il va bien chez leur médecin traitant pour renouveler son ordonnance, passer le balai, nettoyer les casseroles qui ne passent pas au lave-vaisselle après chaque repas, les lessives, étendre le linge, sans compter toutes les heures d'angoisse à propos de leurs filles. C'est Françoise qui répond toujours aux messages de Linh, Christophe, lui, se contente toujours de lui demander avant de dormir : « Linou va bien ? »

Linh a raison, Françoise est exploitée, et si elle était payée pour chaque minute passée à faire ce travail gratuit, elle serait millionnaire. Pourtant, aux yeux du monde, Christophe est un *homme bien*, parce qu'il a assuré une partie de ce travail quand elle était prof et qu'il ne travaillait pas. Françoise entend encore la voix de son amie qui lui dit : « T'en as de la chance, ton mari, il sait faire des trucs et il est gentil. »

Françoise se fout que Christophe brille en société quand il cuisine un plat élaboré quatre fois par an quand il y a des invités. Elle se sent piégée, lasse, et bête de s'être retrouvée à vivre ce que subissent certainement la plupart des femmes de son âge. Elle repense à ses années d'internat à l'école normale avec ses copines, tout était tellement plus simple *entre filles*. Elle comprend que si elle a le réflexe de défendre Christophe quand Linh pointe ces déséquilibres, c'est parce qu'elle a honte, et qu'elle sait qu'il est trop tard pour elle. Ce soir, quand Françoise fait la liste de tous ces griefs, son mari ronfle tranquillement à côté d'elle tandis qu'elle sait qu'elle-même ne va dormir que quelques heures tellement elle est angoissée. De rage, elle lui donne un violent coup de coude dans le flanc, comme si ce geste physique allait changer la situation, comme si d'un coup tous les hommes allaient devenir un peu moins médiocres. Dans un demi-sommeil, il lui demande : « Qu'est-ce qu'il y a ? »

Françoise lui tourne le dos et répond : « Rien, tu ronfles. »

Minh, dans les locaux d'une association, 2018

« J'ai l'impression que les hommes que je connais, ils sont tous violents, j'arrive pas à me l'expliquer », déclare Anh Dào. « Mon père ? Violent. Mon grand-père ? Pareil. Mon compagnon ? Jamais content, toujours à me hurler dessus et à me frapper. C'est quoi leur problème, à la fin ? On dirait qu'ils se transmettent un héritage de père en fils. » Minh ne sait pas dire si c'est bien ou mal ou aucun des deux, mais dire tout ça à la jeune femme de l'association fait rire Anh Dào. Après avoir raconté son histoire dans les grandes lignes, celle-ci rit comme une forcenée, « pardon », s'excuse-t-elle, « c'est juste qu'en fait quand j'y pense, je les trouve ridicules. Obligés de nous taper dessus pour exprimer quelque chose, faut quand même être con, je sais pas. Et je trouve ça drôle que ce soit moi qui doive être là, à vous raconter ma vie de merde, alors que c'est lui qui me frappe. Pardon, c'est la fatigue je crois ».

La jeune salariée en face d'elle semble déconcertée, ça se voit qu'elle ne sait pas si elle doit rire avec Anh Dào ou si elle la trouve juste flippante. Du coup, elle ne dit rien pendant un moment, et ses yeux s'attardent sur Minh, assise à côté de son amie.

— Vous êtes sa mère, c'est ça ?

— Ah non, juste son amie, c'est moi qui l'ai emmenée ici. On m'a dit à l'accueil que je pouvais rester avec elle. J'espère que ça ne dérange pas, sinon je peux attendre dans la salle.

Anh Dào l'implore du regard, qui la supplie de rester.

« Donc si je comprends bien, reprend la salariée, vous êtes ici parce que votre compagnon est violent avec vous. Est-ce que je peux vous demander de préciser les types de violences ? Psychologiques, physiques ? » Anh Dào a l'air sonnée. « C'est-à-dire ? » demande-t-elle.

— Excusez-moi, j'imagine que ça doit être difficile pour vous, je suis obligée de vous poser toutes ces questions pour vous orienter le mieux possible. Ma question, c'est de savoir ce qu'il vous fait subir exactement. Est-ce qu'il vous gifle ? Vous lance des objets, vous tire les cheveux ?

— Oh, ça oui, et bien plus encore. L'autre fois, il m'a traînée par le bras sur plusieurs mètres, j'ai cru qu'il allait me le casser.

— Je vois... Est-ce qu'il vous insulte, vous rabaisse, critique ce que vous faites ?

— Tout le temps ! C'est simple, il n'est jamais content. Il suffit que le thé soit trop chaud pour qu'il brise la théière par terre si ce n'est pas pour me la jeter au visage. Il me traite de pute, de traînée, dit que je suis une bonne à rien. Je sais même pas comment j'arrive à vous raconter tout ça sans pleurer, parce que j'en ai versé des larmes, je vous assure, demandez à Minh ! Je crois que je me suis habituée à tout ça.

Anh Dào prend la main de Minh et la serre fort.

— C'est grâce à elle que je suis venue. Sans elle, je serais déjà morte. Ou alors je serais allée voir un comité local, mais Minh m'a dit de pas y aller parce qu'apparemment il y a que des hommes qui essaient de vous réconcilier avec votre mari ou votre mec.

— Effectivement, poursuit la jeune fille en hochant la tête. On a très peu de femmes qui viennent nous voir, en fait, parce qu'elles ne savent même pas que des associations comme la nôtre existent. Et en général, la première chose qu'elles font est de se tourner vers leur entourage familial ou amical qui leur dit que c'est pas leurs affaires, que tout ça c'est entre l'homme et la femme.

— Exactement ! s'exclame Anh Dào en se redressant comme un paon effarouché, moi je sais très bien que tout le monde sait, dans le quartier, mais les gens s'en foutent…

***

Minh est sortie du petit bureau en trombe avec une envie de vomir, et attend son amie sur un minuscule tabouret en mangeant une soupe de l'autre côté du trottoir. Elle a mal à la tête et a l'impression que si elle n'avale pas son bouillon à toute vitesse, elle risque de s'évanouir. « Minh ! MINH ! » crie Anh Dào depuis la porte d'entrée de l'association en agitant sa main droite dans le vent. Elle regarde à gauche, puis à droite, c'est toujours un curieux ballet de traverser la rue à Hô Chi Minh avec toutes ces motos, et ça n'a fait qu'empirer ces dernières années. La technique, c'est de se déplacer légèrement en diagonale et à un rythme régulier, de ne surtout jamais s'arrêter et d'agiter sa main en direction des conducteurs de motos. Minh regarde son amie faire, elle a l'air requinquée comme jamais en traversant la rue. Arrivée à sa hauteur, elle tire un petit tabouret vers elle et s'assoit en face de Minh avant de commander une soupe à son tour. « Ça va pas ? T'es partie d'un coup, tu m'as fait peur. J'ai cru qu'il y avait une urgence. » Minh ne sait pas comment lui expliquer son départ brutal de la salle ; d'ailleurs, elle ne sait pas non plus comment se l'expliquer à elle-même. Certains mots étaient juste trop dissonants à entendre, et revêtaient quelque chose de l'ordre de l'insupportable, comme *viol conjugal,* « oui, c'est là que je suis partie », se dit Minh. Elle sait qu'elle n'a pas besoin de dire tout ça à Anh Dào, car dans le fond elle a déjà compris, alors elle lui répond que *non ça va, c'était juste un peu dur d'entendre tout ça.*

— En tout cas, merci de m'avoir emmenée, lui dit Anh Dào, je m'attendais pas à ce qu'on m'écoute, c'est tellement rare qu'on nous écoute quand on est une femme !

— C'est sûr… Ne me remercie pas. Les temps ont changé depuis 96, en tout cas. La fille là, elle était beaucoup mieux que celle de l'autre association qui m'avait parlé à l'époque. Aujourd'hui, c'est beaucoup mieux.

— Tu m'étonnes. La fille, elle m'a présenté des options. Elle m'a parlé d'un refuge mis à disposition par le gouvernement, y'en a pas beaucoup mais ça peut être une solution si jamais.

— Tu penses que tu es prête à partir ?

— Je sais pas, je vais réfléchir. Par contre, elle m'a parlé d'un groupe de parole, avec d'autres femmes comme moi. Comme nous. Tu voudrais qu'on y aille ensemble ? Je pense que ça nous ferait du bien.

Minh pose ses baguettes et sa cuillère dans son bol de soupe complètement vide, interloquée. « Pourquoi j'irais ? Je suis plus une femme battue, moi. C'est fini, tout ça. » Anh Dào la regarde d'un air curieux, personne ne saurait dire si ce qu'elle a dans le regard relève de la tendresse ou la défiance. « Fais pas l'idiote, et réfléchis-y. Tu sais très bien pourquoi on est devenues amies, toi et moi. »

Linh, Bangkok, 2019

Toutes mes amitiés nouvelles relèvent du miracle, mais jamais du hasard.

Quand j'arrive seule à Bangkok, sans personne, sans appartement, sans rien connaître de cette ville, tout est différent de mon arrivée à Shanghai, il y a quelques années. Ici, je suis à la fois comme tout le monde – tout le monde me parle en thaï, à chaque fois, je prends un air gêné, celui qui s'excuse d'exister – et comme tous ces étrangers qui colonisent un pays qui ne l'a pourtant jamais été. À Shanghai, je pouvais parler, échanger, et la ville me semblait familière. Ici je suis bête, gauche et inutile. La ville m'est hostile, je n'ai pas le choc de l'odeur de l'air comme au Vietnam, je le trouve juste saturé de pollution. Je comprends mal cette ville et je n'y ai pas mes repères, mon sens de l'adaptation y est mis à rude épreuve, sûrement parce que je suis seule comme jamais. Je peste sans cesse contre l'urbanisme chaotique de la mégapole où il est impossible de faire du vélo : « Y'a que quatre lignes de métro pour une ville aussi énorme, c'est horrible, le matin pour aller au boulot je dois faire la queue pour rentrer dans la rame », je me plains à Martin au téléphone. Je crève de chaud, tout le temps, jour et nuit, je sors propre de ma douche et je suis déjà sale. J'attrape des rhumes à cause des climatisations qui marchent à fond partout, y compris chez moi. En même temps, chaque vision de coin de rue, chaque trajet en bateau sur les *khlongs*[2], chaque plat est un émerveillement. Je n'ai jamais vu une ville pareille, j'y perds la notion du temps. Je suis en état de

2. Les *khlongs* sont des canaux ou petites rivières parcourant Bangkok.

choc permanent. Je n'ai pas d'amis et je trouve mon coloc, français aussi, agaçant au possible. « Laisse-lui une chance, me dit ma mère au début, peut-être qu'il est mal à l'aise. Tu as toujours des idées préconçues sur les gens. » C'est aussi ce que je me dis mais la vie m'a toujours montré que mes intuitions étaient rarement fausses sur la médiocrité des gens. Mon coloc parle trop, et il coupe systématiquement la parole aux femmes qui l'entourent pour parler de *lui, lui, lui*. Je le trouve incroyablement radin et pourtant tellement bourgeois ; c'est un défaut qui me fait horreur, la radinerie, sauf quand on est pauvre évidemment. Comme je me sens seule, je parle à Anita tous les jours et j'attends la venue de Martin comme une gamine qui attend ses cadeaux de Noël.

Je suis en *stand-by* ici, j'aime Bangkok mais je la déteste, je sais que je pourrais m'y sentir comme chez moi mais que j'ai besoin de plus de temps, et que ce temps m'est compté. Au bout d'un mois là-bas, je me résigne ; tant pis, je n'aurai pas d'amis ici.

***

À défaut d'avoir des amis, je tente d'apprendre à me connaître. J'essaie de comprendre le *nous*, celui dont j'ai envie de parler à Été quand il sera temps. À Bangkok, je suis une agente secrète envoyée en terres hostiles. Je sens les regards lubriques des hommes blancs des ambassades sur mon corps. Aux réceptions, c'est toujours pareil : « Laissez-moi deviner... Au vu de vos traits, je dirais que vous êtes laotienne. Non ? Cambodgienne alors ? Vietnamienne ? Ça alors, j'aurais pas dit. » Je subis les remarques et gestes déplacés du collègue chercheur avec qui je travaille, qui se présente comme un *spécialiste de la Thaïlande*. C'est l'époque où je comprends que je ne suis qu'un bout de viande exotique pour ces hommes, et que je serai toujours perçue comme une autre.

Ma boule de colère, celle qui m'électrisait et me propulsait sur un chemin linéaire il n'y a pas si longtemps, commence à devenir incontrôlable. Je la sens partir dans tous les sens et se diffuser dans mes veines comme si on m'avait injecté des litres et des litres de rage avec une seringue. J'ignore s'il s'agit d'un élixir ou d'un poison, parfois elle m'étouffe et je m'oublie dans ma colère que je ne veux pas non plus éteindre.

Je souhaite la cultiver, la chérir, alors je me nourris de toujours plus, je lis toujours plus d'articles, je parle toujours plus avec Anita qui m'accompagne depuis Tokyo. Je sens que je m'éloigne de Martin même si je ne veux pas l'admettre. Un matin dans le métro bondé de Bangkok, j'écoute dans mes oreilles un garçon d'origine cambodgienne qui s'appelle JV parler *d'adoption transraciale*. Je trouve sa voix douce, posée et assurée, j'ai envie de l'écouter pendant des heures mais surtout, c'est la première fois que j'entends une personne comme moi parler de son histoire publiquement. *D'habitude c'est toujours les parents qu'on entend*. À chaque mot qu'il dit, je hoche vigoureusement la tête et tout résonne si fort en moi que ça fait un peu mal. Le soir dans mon lit, je me crée un compte Twitter, je suis ce garçon que j'ai entendu le matin même sans savoir que nous deviendrons amis deux ans plus tard, et je suis estomaquée par ce que je vois sur ce réseau. Je découvre qu'il existe plein d'autres Asiatiques, dont la plupart vivent à Paris, qu'ils ont l'air fiers, engagés, bien dans leur peau. Ils disent même les mots qui font peur. Je vois des images de bubble tea défiler, je ris des blagues sur les blancs qui avalent les boules de tapioca de cette boisson sans les mâcher et qui se tapent des indigestions. Tout ça, ça me donne des idées, celles qui me soufflent dans le creux de l'oreille que c'est peut-être me *voir* au travers des *miens* dont j'avais besoin pour revenir à moi.

***

Quand je me rends seule depuis Bangkok jusqu'à Hô Chi Minh pour un travail de terrain, je me laisse tenter par cette idée, celle de l'acceptation. J'ai un sentiment de nostalgie mais plus de pincement au cœur quand les gens dans la rue me dévisagent et ne me parlent ni en vietnamien, ni en anglais. J'accepte le fait de ne venir de nulle part et de provoquer le trouble ; c'est le prix à payer pour tous les privilèges matériels dont je bénéficie.

Dans cette optique de réconciliation, je me rends à l'hôtel Duc Vuong de l'avenue Bui Vien où j'avais dormi avec mes parents en 2012, je rentre avec assurance dans le lobby et je demande au réceptionniste si Duy est là. Je ne parle pas vietnamien, je prononce mal son prénom, alors je l'écris sur un papier froissé qui traîne dans ma poche de short : *Duy*. « Non, il a démissionné depuis un moment, je ne sais pas où il travaille maintenant. » J'envoie un message à Duy sur Facebook, « *Where are you? Where do you work? I'm in Saigon!* » auquel il ne répondra qu'un jour après mon retour à Bangkok : « *I AM SO SORRY.* » Duy a vu mon message trop tard, il a trouvé un poste de réceptionniste dans un hôtel plus luxueux. Je ne sais pas si je le reverrai un jour, et je ne parlerai jamais à Martin de ce jour où je suis rentrée dans le hall de l'hôtel.

Duy, c'est mon amoureux épistolaire, celui que j'ai rencontré l'année où le monde était censé prendre fin. Je la fantasmais comme une histoire impossible ; la différence d'âge devait jouer, mais quelque chose d'autre me retenait de la rêver pleinement. J'ai ouvert les lettres d'amour de Duy l'une après l'autre, avec une application quasi religieuse, j'ai accroché dans ma chambre du Sud le portrait qu'il a fait faire de moi par une amie peintre. Je lui ai même tissé un bracelet dit brésilien pour que nos vœux se réalisent une fois défait. Je trouve que Duy est beau *pour un Asiatique*.

Et puis les lettres se sont espacées pour devenir silence ; un jour, j'apprends qu'il s'est marié avec une femme qu'il n'aime pas et qu'ils ont un enfant ensemble. Il me parle même de son absence de relations sexuelles via Facebook, ça me gêne de lire ça, je suis dégoûtée de l'imaginer faire l'amour.

Quand j'ai retrouvé ma famille à Hô Chi Minh pour la première fois, je suis retournée le voir dans le lobby du Duc Vuong avant de boire ma bière avec Julia, sauf que cette fois il était là, après cinq ans sans se voir. « Tu es belle, tu n'es pas comme les autres », m'a-t-il dit quand il a vu mon piercing dans la narine, et je sais que quand il disait *les autres*, il voulait dire les autres femmes vietnamiennes qu'il connaît. Je comprends plus tard que ce qu'il trouve attirant en moi, c'est ma blanchité, et que ce qui me repousse en lui, c'est son asianité. Celle-ci m'avait frappée de plein fouet quand il m'avait emmenée passer la journée dans un éco-village à deux heures de la ville. Avant de partir, il était venu se changer à la *guesthouse* où je séjournais parce qu'il cachait à sa famille qu'il venait me voir au lieu d'aller au boulot. J'avais l'impression d'être *l'autre femme*, ça me faisait bizarre. Je l'avais regardé se changer et j'avais vu ses bras dévorés par un psoriasis qui lui collait à la peau depuis quelque temps, je l'avais trouvé malingre, pâle, et j'avais détourné les yeux. M'imaginer l'embrasser m'avait dégoûtée. Dans le bus blindé pour se rendre au village, j'avais eu peur de frôler sa cuisse par accident parce que je me disais qu'il allait se faire des films, alors je m'étais recroquevillée sur mon siège. J'avais trouvé nos conversations frustrantes, maladroites, je parlais mieux anglais que Duy et ça m'irritait de devoir reformuler certaines de mes phrases pour qu'il me comprenne. En même temps, j'étais déçue de ma réaction d'impatience qui prouvait encore une fois que j'étais blanche à l'intérieur.

Plus tard, quand je retourne au lobby de l'hôtel pour lui parler, ça ne m'intéresse pas de vivre mon histoire avec Duy, je veux juste le revoir en toute conscience, parce que cela reviendrait à dire : « Je te vois comme tu es, comme je suis, comme nous sommes », mais c'est trop tard, Duy n'est plus là.

***

Un tel contexte, celui où je recolle peu à peu les morceaux pour en faire un tout bigarré, n'est pas propice au hasard. Je ne crois plus au hasard, seulement aux petits coups de pouce qu'on m'envoie pour que je retrouve mon chemin, et c'est comme ça que je perçois les relations que je tisse à Bangkok. L'océan d'hostilité et de solitude qui semble m'entourer à perte de vue se dissipe peu à peu quand je rencontre Carole, Clara et Elsa, toutes les trois féministes, même si elles n'ont rien à voir les unes avec les autres. Ce que je constate, c'est que chacune de ces amitiés s'est construite *en réaction à*. Ensemble on réagit, démolit, anéantit ce que nous considérons comme injuste et révoltant, nous partageons une sorte de secret, celui des opprimées. Seulement, la démolition seule m'importe peu, je cherche à reconstruire.

Minh, du groupe de parole
au restaurant de bun cha avec Linh, 2019

« Le but de ce groupe de parole, c'est qu'on se reconstruise chacune à son rythme pour se mettre en action. » Les femmes assises en rond sur des chaises en plastique claquent des doigts pour approuver ce que la jeune fille en charge du groupe de thérapie vient de dire ; la première fois que Minh les a vues faire ça, elle a eu envie de rire, « on dirait les groupes d'alcooliques anonymes comme dans les films américains », a-t-elle pensé. Aujourd'hui, elle claque des doigts avec plaisir, même si elle a le cœur serré quand elle regarde la chaise d'Anh Dào occupée par une autre jeune femme. Pour Minh, elle sera toujours la chaise d'Anh Dào, même si elle ne vient plus au groupe de parole depuis environ un mois.

Anh Dào a réussi à partir en venant à ce groupe avec Minh, qui s'est laissée convaincre par son amie bavarde. En trois mois, la jeune femme a rassemblé toutes ses forces pour mettre son maigre pécule dans un sac rempli du nécessaire : des papiers, de l'argent, des tenues d'urgence, une photo de sa fille. Elle a caché ce sac pendant des semaines, elle a voulu le vider plusieurs fois, et elle le disait à chaque fois en thérapie : « J'ai envie de l'ouvrir et de tout laisser tomber sur le sol », mais Minh et les autres filles du groupe de parole l'en ont empêchée en lui disant qu'elle était trop proche du but, qu'une place dans un refuge allait bientôt se libérer, qu'il fallait juste être patiente. « J'en peux plus d'être patiente, je suis enfin prête à partir et on me retient. J'en peux plus de me faire frapper. » Minh se dit que ça aurait été si facile de renoncer, mais qu'Anh Dào ne l'a pas fait. Une nuit, elle est venue gratter à sa porte comme un chien qui a fait une bêtise et qui a honte, mais qui a besoin qu'on lui ouvre parce qu'il pleut dehors. Minh lui a ouvert, son amie avait son sac sous le bras. « Il est temps, mais il faut que je parte vite, tout de suite maintenant, sinon je le ferai jamais. » Minh n'a rien dit malgré le lever à l'aube, et l'a fait monter à l'arrière de sa moto jusqu'au foyer où une place venait de se libérer.

Aujourd'hui, Anh Dào se renseigne pour commencer des études. Elle parle d'étudier l'anglais, « Minh, l'anglais c'est l'avenir, avec ça je pourrai travailler dans le tourisme, accueillir des blancs dans un hôtel, leur faire croire que je les aime bien alors qu'ils me gonflent ! » et elles rient toutes les deux autour des soupes qu'elles continuent à boire ensemble dans un autre contexte que celui de la violence.

Après le départ d'Anh Dào, Minh est passée par des émotions contraires qu'elle partage aujourd'hui en groupe de parole, parce que c'est le seul endroit où elle ne se sent pas traversée par la honte quand elle ose les verbaliser. « Quand je vois qu'Anh Dào n'est plus là au marché, que sa chaise ici n'est plus vraiment sa chaise, j'aimerais qu'elle revienne... Et j'ai honte de penser ça, parce que revenir voudrait dire subir de nouveau ce qu'elle a vécu. Quand je pense ça je sais que c'est égoïste, je sais que c'est parce qu'elle me manque. » La responsable du groupe lui demande si le départ d'Anh Dào provoque en elle d'autres émotions négatives, et lui répète qu'ici, elle ne sera pas jugée. « Je l'envie. La voir partir me rappelle que moi, je ne suis jamais partie, que je vis toujours avec celui qui m'a violentée et qui a violenté mes enfants. Que même s'il me frappe plus, pour je ne sais quelle raison, on s'aime plus depuis si longtemps que je me rappelle même plus comment c'était, s'aimer. » Minh se tait un instant, puis elle poursuit : « En même temps, je suis heureuse pour Anh Dào. Parfois, je me demande si tout ce que je mets dans notre amitié, c'est pas parce que j'essaie d'éloigner la culpabilité. J'ai passé ma vie à faire ça, tenter de la chasser, de l'atténuer, celle vis-à-vis de ma fille que j'ai perdue, de l'autre qui vit ce que j'ai vécu. Et la présence d'Anh Dào, ça m'aidait à le faire. Maintenant qu'elle est partie, je dois apprendre à marcher sans béquilles. » Minh doit aussi apprendre à vivre pour elle, et le malheur d'Anh Dào la détournait de son propre bonheur. Elle dit aux autres femmes du groupe qu'elle a beaucoup réfléchi et qu'elle veut ouvrir son propre restaurant, dont l'équipe serait entièrement composée d'anciennes victimes de violences.

Quand le reste du groupe claque des doigts pour montrer ses encouragements et sa joie, Minh affiche un sourire ardent.

***

Minh dévisage Ngoc Linh avec tendresse et stupeur tandis que cette dernière mange un *bun cha* à toute vitesse, en poussant la viande sur le côté avec ses baguettes qu'elle tient mal. Elle ne s'en était jamais rendu compte, mais sa fille est blanche *;* elle est comme une espèce de *viêt kieû* qui ne parle pas vietnamien et dont les parents sont blancs. Minh prend délicatement les doigts de sa main droite et réajuste l'alignement des baguettes sans rien dire, mais en se demandant pourquoi elle ne veut pas manger la viande. « Je pensais qu'en France, les gens mangeaient beaucoup de viande. » Elle se dit que ça lui fait un point commun avec Nhu. « Vous pouvez lui dire, à Ngoc Linh, que son petit frère est végétarien aussi ? Ça lui fera plaisir », demande Minh à Rose qui a repris son rôle d'interprète le temps d'un repas. En écoutant attentivement la traduction, le visage de Ngoc Linh s'illumine et elle sourit à Nhu, assis à sa droite. Minh sait qu'il a attendu cette autre rencontre avec impatience ; ça fait des semaines qu'il lui en parle en fanfaronnant dans toute la maison : « *Chi Ngoc Linh* – grande sœur Ngoc Linh – revient enfin ! Tu penses qu'elle a beaucoup changé ? »

« Oui, elle a beaucoup changé », pense Minh en regardant sa fille. Elle ne comprend pas pourquoi elle met des shorts parce qu'il fait chaud, ce sont les couches de tissus fins qui protègent le mieux du soleil agressif. Elle trouve son anneau dans le nez bizarre ; elle observe ses tatouages et se demande si ça fait mal. La première fois qu'elles se sont rencontrées, Minh avait une avalanche de choses à lui dire. Aujourd'hui, elle ne sait pas vraiment ce qu'elle aimerait que sa fille sache, alors Rose parle à la place de tout le monde et ça l'arrange bien, qu'elle leur raconte la vie de Ngoc Linh : « Elle vit à Bangkok, elle fait un stage dans un institut de recherche français... Elle a bientôt fini ses études, et va rentrer en France après. Tu sais ce que tu veux faire après ? Non, elle dit qu'elle ne sait pas. » Ngoc Linh dit quelque chose en français d'un air très sérieux, elle regarde sa mère, puis Sang, qui se tient silencieux dans le fond du restaurant avec sa cigarette à la main. Rose reprend : « Elle dit que si elle est ici, c'est pour son mémoire de fin d'études. Elle travaille sur... Attends, moins vite. Ah... D'accord. Elle travaille sur les violences conjugales au Vietnam. » Cette fois, le regard de Ngoc Linh se fixe de façon déterminée dans les yeux de sa mère, et le barrage qui s'était érigé entre elles tombe en poussière sans même pouvoir se le dire. *J'ai enfin compris, et je sais que tu comprends* est le message que Linh envoie avec ses yeux. Minh se dit que ça y est, elle n'a vraiment plus besoin de béquilles.

Françoise, dans le Sud, 2019

Françoise ne comprend pas. Elle ne saisit pas ce qui est en train de s'opérer entre elle, Christophe et Linh, ou plutôt le pourquoi. Elle voit bien que leur fille se fait plus lointaine, qu'elle leur file entre les doigts et qu'il devient difficile de se parler. « Elle a l'air heureuse », se dit-elle, et ça la rassure de se dire ça ; Linh a tout pour réussir, elle vient de décrocher un nouveau stage à l'ONU à Bangkok. À peine rentrée en France de son premier stage, elle va donc repartir où elle était. « C'est une opportunité en or », répète Linh, et Françoise est fière de la voir heureuse et libre, elle se dit qu'elle fera de grandes choses, mais elle lui manque. Elle aimerait revenir au temps où Linh venait dans leur lit le soir, quand Françoise regardait la télé, en demandant : « Maman, tu peux me gratter le dos ? » Elle avait toujours cru que leur complicité, malgré le temps, demeurerait intacte, et que la confiance de Linh en sa mère ne vacillerait jamais. Aujourd'hui, elle se rend compte de l'arrogance de cette croyance. Quand sa fille regarde ses parents, Françoise perçoit dans son visage une expression qui lui était jusqu'ici inconnue, celle de la colère mêlée au mépris.

Ce n'est donc pas l'éloignement physique qui peine Françoise ; elle a l'habitude de la savoir loin, Linh est toujours en mouvement et ce depuis des années, que ce soit seule, avec Martin ou ses copains. C'est l'impression de ne plus connaître sa fille qui s'échappe vers d'autres mondes où Françoise et Christophe ne semblent pas être conviés. « On ne sait pas ce que tu fais, tu nous dis rien. Parle-nous un peu de tes études, de tes stages. » À chaque fois, Linh piaffe comme un pur-sang, elle balance des mots qui n'ont pas de sens les uns à côté des autres. « Vous comprenez pas, de toute façon », dit-elle, et ça sonne comme une sentence irrévocable, une condamnation à mort. « Bah dis-le que tu nous trouves cons ou qu'on n'est pas assez bien pour toi », s'offusque Françoise, et à chaque fois, Linh répond que *pas du tout, elle a pas dit ça,* même si elles savent toutes les deux dans le fond que si, c'est ce qu'elle a dit. Quand sa fille lui parle de sa vie, Françoise voit bien qu'elle simplifie tout à outrance, qu'elle ose à peine regarder Christophe dans les yeux et que tout sonne faux. Ça se voit qu'elle a envie de finir de manger le plus vite possible et de monter dans sa chambre. Elle le perçoit, que Linh présente une complexité en elle que seuls ses amis proches sont autorisés à voir.

Françoise trouve que sa fille cadette s'énerve pour rien. L'autre fois, un reportage sur les « réunions en non-mixité » passait à la télé, elle a osé dire que cette pratique s'apparentait à l'Apartheid. Linh lui a dit que c'était raciste et qu'elle préférait ne pas parler de ça avec elle. Ça la met hors d'elle quand elle l'insulte comme ça, *raciste*, elle n'a que ça à la bouche alors que c'est le mot le plus vilain au monde et que Françoise estime être la personne la moins raciste du monde : ses deux filles sont vietnamiennes, elle aime le Vietnam et elle mange avec plaisir les gâteaux de l'Aïd que fait sa voisine Fatima. Par contre, elle et Christophe étaient tristes quand elle s'est mise à porter le foulard, elle avait de si beaux cheveux, quel dommage de les cacher ! Françoise trouve la sentence de sa fille tellement injuste quand elle la traite de raciste, sachant qu'elle vote à gauche depuis qu'elle est en âge de le faire. Elle se dit que Linh a basculé du côté extrême, celui des séparatistes qui parlent de privilège blanc à tout va, mais Françoise ne voit pas en quoi le fait d'être blanche l'a privilégiée dans la vie. Elle est partie de rien, et c'est à son travail qu'elle doit tout, pas à sa couleur de peau.

Quand Linh rentre dans le Sud, il arrive que Françoise n'aime pas ses manières. Elle la trouve aigrie, snob, jamais contente. On dirait que quand elle vient, la seule chose à laquelle elle pense c'est repartir. Françoise se dit que c'est pour ça qu'elle ne déballe jamais vraiment sa valise qu'elle laisse dans le couloir et dans laquelle Christophe se prend les pieds en montant le soir. La vérité, c'est que Linh se comporte comme une invitée quand elle est là, alors qu'elle a grandi ici. Chaque regard qu'elle pose sur les choses qui l'entourent est accusateur, et rien ne semble jamais assez bien pour Linh : leurs idées politiques, la piscine à l'eau verte qui attire les moustiques, tous leurs bibelots qui sont des souvenirs de voyage et qui seraient hideux, selon leur fille. « Ferme la bouche quand tu manges » pour Christophe, « tiens-toi droite, tu te tasses » pour Françoise, qui s'estime heureuse par rapport à son mari, lui est toujours rhabillé pour l'hiver quand Linh revient. « Je comprends pas ce qu'elle a contre moi, *ta fille* », lui dit-il quand ils ne sont que tous les deux. Quand elle monte à l'étage pour se coucher le soir, il arrive que Françoise entende Linh téléphoner à ses amis. Elle trouve ses intonations de voix différentes que celles qu'elle emploie pour parler à ses parents, et se dit que sa fille a l'air plus détendue et enjouée. Elle comprend qu'elle a à sa disposition plusieurs langages qui lui sont tous étrangers.

Linh a bâti une porte blindée entre elle et ses parents. Parfois, Françoise a envie de la fracasser afin de la supplier de revenir.

Linh, Bangkok, années 2020

« C'est comme s'il y avait un mur entre tous ces gens et moi, entre mes parents et moi. Je sais pas si c'est moi qui l'ai construit pour me protéger, ou eux qui m'ont forcée à le rendre toujours plus haut, toujours plus opaque. »

Ma nouvelle psy hoche la tête, elle écoute avec attention et note tout ce qu'elle entend sur ce qui semble être un carnet ; je ne sais pas, tout se passe en visio. Ma psy parle de *cabinet dématérialisé*, je pensais que ce serait bizarre mais ça ne l'est pas, c'est parvenir à être complètement à l'aise en thérapie qui est étrange. J'ai choisi une psy jeune, noire et métisse, elle a l'air de comprendre ce qu'est le tiraillement. Ces séances n'ont rien à voir avec celles de Lyon, pas de silences prolongés, pas de vide de compréhension : je ne suis plus sur la défensive. Je ne fais pas attention à ma façon de parler, aux mots que je vais employer, je n'ai pas peur d'avoir l'air trop en colère. Depuis que j'ai commencé, je sens que je progresse à une vitesse folle, à tel point que les gens qui m'entourent me semblent trop lents, j'aimerais les bousculer pour qu'ils comprennent plus de choses sur eux en un temps record, mais je sais qu'il est injuste de leur demander ça. Je voudrais que tout aille plus vite, mais je ne peux pas, alors je m'arme de patience en aiguisant les miennes, d'armes.

Comme lors de ma première fois à Bangkok, j'observe, mais cette fois, je prends le temps de faire quelques pas en arrière après coup. Je note ce que je vois dans un carnet, je parle du groupe des autres stagiaires de l'ONU que je n'arrive pas à intégrer. Je dis qu'encore une fois, il sera difficile de me faire des amis, mais qu'heureusement Carole, avec qui je vis désormais, est là. « J'ai déjà plein d'amis, ça suffit en vrai », je dis à ma nouvelle psy. Celle-ci rigole, je pense qu'elle me trouve drôle. Être considérée comme une personne pas drôle serait l'une des pires choses au monde à mes yeux. « Je suis sûre qu'on pourrait être amies », je pense, « mais une psy c'est pas une amie. » Je poursuis ma séance, j'évoque ma boss tyrannique et *workaholic*, qui parle de boulot à ses employées le week-end via WhatsApp et dont j'ai peur quand ma pause de midi déborde à peine.

Quand j'ai appris que j'avais décroché ce stage à l'ONU, je me souviens avoir pleuré tellement j'étais fière et émue. Je réalisais le rêve de la petite fille qui voulait tout, celle qui disait à ses parents : « Un jour, je serai dans le dictionnaire. » Depuis que j'y suis, mon rêve s'effrite et je découvre avec stupeur que la forme de travail que l'on me propose me paraît absurde et vide de sens. Cette réalisation est pour moi contre-nature tant je rêvais avant de « faire carrière », et cette finalité passait forcément par le travail acharné. Je dis tout ça à la psy, j'explique que j'y renonce doucement et que je vais à contre-courant des autres stagiaires de l'ONU qui se voient rester là-bas toute leur vie.

— Quand vous dites ça, vous avez l'air soulagée, mais c'est comme s'il y avait quand même un problème.

— Le problème, c'est que ça m'ostracise. Je me sens seule là-bas, je suis en décalage, je ris à leurs blagues mais je les trouve pas drôles, je mange avec eux mais je préférerais être seule, et c'est moi qui passe pour la meuf bizarre, je le sais.

Je n'en ai en réalité rien à faire de passer pour la meuf bizarre. Ce qui me pèse, c'est la solitude raciale, c'est de ne pas pouvoir partager cette connivence avec d'autres.

***

Supanut est très élégant, et je le regarde taper sur son ordi dans le Starbucks du centre commercial de l'autre côté de la rivière Chao Praya. J'ai l'impression d'être en *date*, un *date* platonique. Je l'ai rencontré dans les couloirs de l'ONU, il est thaï, stagiaire dans une autre agence et a des airs d'outsider, ce qui m'attire. Quelques pauses déj' plus tard et je savais que je venais de rencontrer un être exceptionnel que je ne devais surtout pas laisser s'échapper, parce que ceux-là ne courent pas les rues. Ça se voit à sa tête qu'il ne pourrait jamais, jamais, jamais faire de mal volontairement à qui que ce soit. Peu de temps après notre rencontre, Mia a rejoint Supanut à l'ONU et nous avons commencé tous les trois à nous affaler ensemble sur les fauteuils de l'immense *compound* après chaque pause déj'. Mia est bengali, elle en est fière et elle ne tolère aucun homme qui lui coupe la parole ou tente de lui expliquer la vie. « *God, I just hate men* », soupire-t-elle des fois quand elle vient me voir à mon étage pendant sa pause de l'après-midi. Elle a ce petit côté américain féministe pop qui m'irrite, on se dispute parfois en parlant de politique, je lui dis que *c'est son côté US, elle est trop libérale.* Supanut et Mia ont néanmoins réduit mon océan de solitude de quelques milliers de kilomètres. Une fois, nous sommes allés tous les trois au verre hebdomadaire des stagiaires un vendredi soir ; au bout de trente minutes, Mia nous a regardés avec un air de connivence et a dit : « On se barre ? » Nous n'avions rien à faire là, et nous n'y sommes jamais retournés.

Je suis enfin parvenue à me faire une place dans cette ville que je rejetais, et cela s'est fait au prix de quelques efforts, comme mes quatre heures de thaï par semaine. Tout mon rapport à Bangkok s'en trouve changé. Je la trouve moins hostile, même sa chaleur écrasante sur le bateau à moteur que je prends tous les matins pour me rendre au travail fait partie du décor. Je passe beaucoup de temps avec Yonghwa, qui est un peu tout pour moi à la fois : ma voisine, ma collègue et mon amie. On se moque des blancs qui ne savent pas compter jusqu'à dix en thaï alors qu'ils vivent ici depuis des années. Parfois, je descends jusqu'à son appartement situé six étages plus bas que le mien, et Yonghwa me cuisine du *kimchi fried rice*, ou « kfr » comme elle dit. « Je déteste la Corée, mais par contre la bouffe coréenne est la meilleure au monde », dit-elle toujours. Avant de faire son riz, elle me montre comment bien le laver et mesurer la quantité d'eau suffisante pour le faire cuire : « Tu poses ta main à plat sur le riz, comme ça... Là, tu mets de l'eau et tu attends qu'elle atteigne cette partie-là de ta main. Comment ça, tu comprends pas ? Bon, mets ta main, tu vas le faire toute seule. » C'est grâce à Yonghwa que je sais faire du riz correctement. Une fois, sur son balcon, elle m'a offert une clope et on a fumé en parlant jusque très tard, alors qu'on travaillait le lendemain matin. Ce soir-là, elle m'a confié avoir déjà été attirée par des filles, « sauf que je crois pas ne pas être hétéro, tu vois ? J'ai jamais embrassé une fille, rien ». Je me souviens avoir eu envie de l'embrasser à ce moment-là, puis m'être dit que ça gâcherait tout. Yonghwa ne m'avait jamais parlé de relations passées, ni même d'amour. Je n'ai pas osé la contredire dans un premier temps, et puis finalement je me suis dit que Yonghwa était trop hors-norme, trop exceptionnelle pour ne rien lui dire. Son malaise latent quand elle est entourée d'hommes est si palpable que ça me fait rire, de la voir si mal à l'aise, Yonghwa ne fait même plus l'effort de faire acte de présence quand ça arrive et je trouve ça génial. « Et alors ? Est-ce qu'on demande aux gamins qui pensent être hétéros à 10 ans s'ils sont sûrs de l'être ? » J'espère que ça fera son chemin dans sa tête, même si je sais que je suis encore très loin d'avoir complètement emprunté le mien.

***

Ado, j'aimais bien l'idée d'avoir la même bande de potes toute ma vie sur qui je pourrais toujours compter, un peu comme dans *Friends*. Je m'imaginais qu'on s'allongerait tous sur le même canapé pour regarder le même film inlassablement. Au lieu de ça, j'ai un entourage qu'on pourrait qualifier d'éclaté, tout en sachant que celui-ci est solide, inébranlable, ancré dans mon sol. Grâce à tous ces rameaux, je me *rassemble*.

Au Starbucks, Supanut boit son matcha latte en réajustant son tee-shirt qui le fait paraître encore plus mince et diaphane. Ça fait au moins une heure que nous n'avons pas parlé mais ça ne dérange personne ; sur le bateau qui a traversé la rivière Chao Praya pour atteindre le *mall*, Supanut m'a parlé de sa famille pour la première fois. « J'ai une jumelle, et un grand frère. Je crois que je les aime pas, je les trouve bêtes et homophobes, comme ma mère. Rester plus de deux heures avec eux, ça me donne juste envie de m'enterrer. » J'ai réfléchi avant de répondre, j'ai pensé à mes parents avec qui tout est si contradictoire, à Lila qui en sait encore moins qu'eux sur ma vie. « C'est pas grave de pas aimer sa famille. C'est pas grave non plus de continuer à les aimer alors qu'ils sont cons. »

Ces presque six mois avec Supanut, Mia, Carole, Yonghwa, sont passés aussi vite qu'une moto thaïe qui fonce sur les routes cabossées au péril de ses passagers, mais quand j'y repenserai plus tard en pleine pandémie mondiale, j'aurai des envies d'arrêts sur images. Tout est allé si vite que je ne me souviens plus comment c'est arrivé : en dix jours à peine, il a fallu annuler le voyage en Malaisie avec Martin, basé à Singapour pour quelques mois, prendre un billet de retour en France et faire rentrer de force tous mes souvenirs dans ma grosse valise noire. Je savais qu'il faudrait partir, et que c'était ma volonté, j'étais préparée à dire au revoir aux gens que j'aime, mais pas à cette brutalité des événements. Pourtant, malgré tout ce que j'ai construit ici, j'ai eu cette envie de rentrer à plusieurs reprises, comme si quelque chose en France me rappelait, cette France qui m'a toujours fait me sentir comme un parasite mais qui est quand même un peu chez moi. Sur Twitter, j'ai commencé à parler à d'autres adoptés, je me suis même fait des amis virtuels, comme Quôc Anh qui vit à Paris. Quand j'ai vu sur Internet des photos d'Adèle Haenel se barrer de la salle de cérémonie des Césars, que j'ai entendu sur des vidéos la colère de féministes, que les photos d'Asiatiques portant une pancarte disant #JeNeSuisPasUnVirus ont fleuri sur les réseaux sociaux, j'ai voulu rentrer alors que c'était le pire moment pour le faire. À ce moment-là, j'ai rouvert l'application WeChat pour parler à Été, qui venait d'emménager à Paris. Ensemble, nous avons enfin parlé de notre boule de colère, Été m'a dit que Paris, c'était plutôt bien, alors qu'elle déteste l'Hexagone. Je me suis dit qu'il était peut-être temps pour moi de m'ancrer quelque part et de stopper ma cavale.

Quand le virus a immobilisé le monde entier, j'étais prête à partir, mais je ne savais pas que je serais privée de la possibilité de photographier ma mémoire avant mon départ. Dans l'avion du retour rempli de gens masqués et paniqués, j'ouvre la lettre d'au revoir que Supanut a écrite et qu'il a scellée avec un cachet en cire, et je repense aux mains de Mia qui s'agitent de l'autre côté de la rue (nous vivions dans deux immeubles qui se faisaient face, séparés par une grande route) pour me dire au revoir comme ça, sans une étreinte, sans la fête que j'avais planifiée. Je voudrais étirer le temps et le figer, juste un instant, avant que la vie reprenne son cours.

Ce mois de mars, je rentre armée, avec des couteaux aiguisés, prête à riposter, mais je ne veux plus dire au revoir à mes amis de l'autre côté d'une grande route. Je me dis qu'il est terminé, le temps des valises et des déménagements annuels. Si je sais désormais qu'il est possible d'avoir un *chez-soi* partout, tant que celui-ci est habité par des êtres aimés, j'ai le rêve fou que ces derniers se trouvent tous au même endroit.

Linh, au milieu des tours d'Olympiades,
années 2020

Pour nos retrouvailles il y a quelques mois de ça, Été a apporté deux petits baos aux légumes dans un sac en plastique qu'elle a achetés à Belleville. Bien plus tard, nous nous rendrons compte toutes les deux qu'il y avait de la viande dans les brioches vapeur.

La nourriture a pour moi un sens bien particulier. Quand je mange un plat vietnamien je me souviens, quand je me souviens je reviens à moi, et je crois que c'est pareil pour beaucoup de descendants de colonisés ou d'immigrés. Quand mon autre pays me manque, j'ai envie d'un plat de là-bas, quand je veux dire à quelqu'un que je l'aime, je lui cuisine quelque chose dont je suis fière. On parle souvent de nourriture avec Été, et quand elle m'achète un bao ou que je lui sers du riz blanc au Maggi, on ritualise notre amour.

Cet après-midi, nous sommes assises sur une espèce de rebord qui fait face à toutes les tours d'Olympiades et nous mangeons un bao chacune en regardant des ados faire du skate, *cette fois le bao est sans viande c'est sûr,* malgré le petit crachin qui me donne une violente envie de me plaindre. Ça ne fait que quelques mois que je vis ici, je m'y sens déjà bien mais s'il y a une chose à laquelle je ne m'habitue pas, c'est la météo. Malgré le gris permanent et la carence tenace en vitamine D, je sais que pour l'instant je ne veux être nulle part ailleurs qu'ici. Quand je suis dans le métro, je vois un tas de gens comme moi et je trouve ça fou. Je pense au Vietnam presque tous les jours, ce n'est pas compliqué à Paris, mais je n'ai plus ce déchirement quand les souvenirs me gagnent. Peut-être que je guéris ? J'ai tout pour ici – les amis vietnamiens, le 13e arrondissement – mais la France crée toujours la même ambivalence en moi. Je me demande si c'est possible d'être heureuse dans un pays qui a écrasé mon autre pays, et qui n'est en même temps pas vraiment le mien ; je n'ai pas de réponse et je suis en paix avec ça.

Plus tôt, Été m'a emmenée au grand Tang Frères. Je l'ai regardée zigzaguer dans les allées, je sais que c'est absolument anodin de faire ses courses ici, ça l'est un peu moins pour moi. Elle a les cheveux de plus en plus courts, mais ils ne sont plus noirs comme quand je l'ai rencontrée. Elle s'est mis en tête de devenir blonde, entreprise compliquée vu la couleur initiale de sa chevelure. Je tente de la dissuader de continuer sa coloration en la mettant en face de l'état déplorable de ses cheveux, mais comme toujours Été n'en fait qu'à sa tête.

C'est comme ça qu'on fonctionne, avec Été. On passe notre temps à s'en mettre plein la gueule avec tendresse, et il arrive que notre amitié soit maladroite, un peu titubante, parce que trois ans sans se voir c'est long et qu'il faut tout réapprendre. Il faut se retrouver, accepter ce qu'on prend ou pas de l'autre. Je ne sais parfois pas comment me comporter avec Été, qui n'est plus malade mais qui lutte encore à chaque instant pour apprendre à s'aimer. Je voudrais qu'Été comprenne sa puissance, qu'elle la voie en entier, pas juste les contours, et qu'elle l'étreigne pour la faire éclater au grand jour. Je me dis souvent que mes problèmes à moi sont risibles, même si en ce moment c'est la merde parce que je suis en train de tomber amoureuse d'une fille qui s'appelle Alma, alors je me mets automatiquement en retrait, et ça se voit que mon amie a peur de prendre trop de place et de ne pas être *là pour moi*. Pourtant, c'est Été qui me monte mon nouveau canapé quand il arrive chez moi parce que je suis trop maladroite de mes mains pour le faire toute seule ; Été dit toujours qu'elle est mon assistante de vie et que je devrais la payer, « bientôt je vais me faire une carte professionnelle, c'est certain ». Elle me fait des cartes en aquarelle, et me donne des pots de piments au citron confit de La Réunion : d'ailleurs ça me fait toujours un peu peur parce que je n'ai pas la même résistance au piment même si je suis plutôt fière de mon endurance après la Thaïlande, et ça m'honore que mon amie me montre un bout de son île.

J'aime tellement Été que ça me tord le ventre quand je sais qu'elle souffre mais que je ne sais parfois pas comment lui montrer, alors je lui écris puisque c'est quelque chose que j'aime faire. On s'écrit des lettres pour n'importe quelle occasion, juste comme ça, pour se dire qu'on s'aime et qu'on tient l'une à l'autre. J'adore ça, écrire des lettres, je normalise le fait de dire à mon entourage que je les aime, je ne veux plus jamais dire : « Je l'aime mais comme une amie », car je comprends que tous mes amis aussi, j'en suis amoureuse. Je veux me débarrasser du voile pudique qui a longtemps recouvert mes émotions pour les faire apparaître plus vives. « Toi et moi on est vraiment des loveuses », dit Été ; et c'est vrai, on se promet même de chanter des chansons d'amour au ukulélé.

Avec Été, je comprends qu'une relation se travaille d'arrache-pied, qu'elle n'est jamais linéaire mais plutôt en dents de scie. Notre histoire est cependant poussée par un moteur commun, celui de la colère et de l'amour des nôtres. Nous avons fait converger tout ça vers un même point, en créant avec d'autres un collectif de féministes asiatiques, mais quand je fais quelques pas en arrière pour regarder ce groupe – que j'ai toujours rêvé d'avoir et que je viens enfin de trouver –, je me dis que seule Été est de *toutes les époques* : elle était là avant, nous sommes ensemble maintenant, et je sais qu'elle n'ira nulle part.

Françoise, dans le Sud, années 2020

Françoise ne savait pas que le rejet le plus douloureux qu'elle aurait à essuyer dans sa vie viendrait de Linh.

Elle cogite rarement sur la violence qu'elle a pu recevoir au cours de sa vie, mais celle de Linh ce jour-là l'ébranle et la fait vaciller, balayant dans son torrent de fureur un grand nombre de ses convictions et faisant voler en éclats le vernis de la paix. La seule fois où Françoise a vu Linh manifester une férocité sans limites, c'est quand elle s'est battue avec Lila pendant leurs vacances automnales dans les Landes où ils avaient l'habitude de se rendre pour rendre visite à des amis. C'était l'époque où sa grande sœur volait beaucoup à ses proches : des billets par-ci par-là, des bijoux et des vêtements de Linh, un parfum de Françoise. Ça ne contrariait pas Linh plus que ça, mais quand il s'agissait de voler les gens chez qui la famille allait en vacances, ça la faisait sortir de ses gonds instantanément. Françoise pense que c'est à cause de la honte. Il y avait une fête cette année, et quand Linh a retrouvé dans le sac à main de sa sœur la montre d'une invitée, elle est sortie en furie de la maison pour se diriger droit vers la tente où avait lieu la réunion, l'objet volé dans sa main. Personne n'a rien vu venir, Françoise n'a eu le temps que d'entendre des : « Arrêtez ! » avant de débouler sous la tente et de voir Linh à terre, frappant la tête de Lila avec le peu de forces qu'elle avait. Celle-ci, à l'époque bien plus forte que sa cadette, lui rendait la pareille, griffant le cou de Linh aujourd'hui marqué d'une toute petite cicatrice, qu'elle fait passer pour une marque de varicelle. Ce jour-là, Françoise avait eu peur, pas que ça tourne mal, mais de réaliser que Linh était remplie d'une telle colère que ça lui exploserait un jour au visage.

Aujourd'hui est le jour de la déflagration, c'est ça qu'elle se dit, Françoise, quand elle pense à l'épisode, à une terrible explosion. Elle a l'impression que son corps entier se fige quand Linh renverse la chaise, balance l'assiette remplie de falafels ratés contre le mur, qu'elle hurle qu'elle les déteste et qu'ils sont *racistes*. Françoise n'arrive pas à réagir et s'enfonce toujours plus dans l'abîme de la sidération, elle voit que Christophe fait pareil et qu'il est prostré sur sa chaise. Pourtant, ça lui déchire le cœur quand elle entend la voix de Linh trembler et qu'elle comprend que celle-ci est littéralement à bout de souffle. « Ça partait de rien, pourtant », se dit Françoise, Christophe a juste dit que Madagascar c'était mieux quand y'avait la France et voilà qu'une chose en entraînant une autre Linh parle d'Adama Traoré, de privilège blanc, et de plein d'autres choses qu'ils ne comprennent pas, d'ailleurs Françoise le dit souvent qu'elle comprend pas, elle répète qu'elle ne voit pas en quoi être blanche l'a avantagée dans sa vie. Linh crie alors qu'être asiatique dans leur bled n'a jamais été facile et qu'ils auraient dû le prendre en compte, elle parle de la fois où on lui a dit en primaire que ses yeux ils étaient bizarres et lui demande pourquoi elle lui a dit que *c'est pas grave nous on le voit pas que t'es asiatique* : « Mais nous quand on t'a adoptée, ça ne comptait pas, on s'en fichait de ça », a répondu Françoise, et c'est là que la chaise a valsé ainsi que toutes ses croyances fragiles. « Je comprends pas, tu dis qu'on est des mauvais parents, qu'on a mal fait ? » et elle se met à pleurer, et Linh se remet à hurler que c'est pas le problème, qu'elle doit arrêter de tout ramener à elle. Elle lui demande d'arrêter, elle monte dans sa chambre pour redescendre cinq minutes après encore plus tremblante pour lui dire : « Cette fois-ci je m'excuserai pas, je plierai pas, c'est à vous de le faire, c'est vous qui me faites mal. »

Françoise lui demande de se calmer, elle implore Linh de venir dans ses bras en lui demandant pardon, elle se dit que si elle chuchote Linh va arrêter de crier et c'est vrai que ça l'arrête, même si maintenant elle sanglote.

— Qu'est-ce que je peux faire pour faire mieux ? demande Françoise.

— Je veux que tu me voies comme je suis, répond Linh.

Elle n'est pas sûre de comprendre, mais aujourd'hui Françoise fait le constat désolant que toute une partie de la souffrance de Linh lui était complètement étrangère et qu'elle a décidé de les punir pour leur ignorance en leur cachant l'entièreté de qui elle est. Ce jour-là, une fille qui n'est plus une enfant tend un miroir à sa mère afin qu'elle voie à quel point elles sont différentes. Françoise est brisée de l'apprendre, l'idée que Linh lui ressemblait malgré leurs gènes différents l'avait toujours rendue heureuse. Elle comprend aujourd'hui que sa naïveté, très confortable, l'a rendue aveugle.

Linh, Butte-du-Chapeau-Rouge, années 2020

Ce matin j'ai commencé mes tours de parc dans le sens inverse de d'habitude, je vois des fleurs que je n'avais jamais remarquées auparavant. Celles-ci sont violettes et recouvrent des monticules d'herbe gelée. En ce moment, je ne rate jamais mes séances programmées de course matinale, car elles sont le seul moment où je m'autorise à imaginer un monde avec Alma.

Quand elle est arrivée au travail il y a deux mois, je me suis dit qu'elle était belle mais que c'était une bourgeoise qui faisait du droit, et rapidement j'ai gratté les couches pour voir ce qu'il y avait sous tout ce vernis. Je me suis trompée et c'est la plus belle erreur de ma vie, mais ça m'inquiète de voir que je pense plus à Alma qu'à Martin. J'écris des notes d'écriture bordéliques en vrac dans mon téléphone pour ne rien oublier et garder en tête ces émotions qui ne sont pas corruptibles.

Je suis envieuse des gens qui connaissent Alma, qui ont accès à elle, qui passent du temps avec elle. Je veux me glisser dans leur peau, et je me demande de quoi elle rêve la nuit : je veux atteindre ses songes mais quand Alma dort, tout lui appartient. De quoi elle a peur, qui a-t-elle envie d'être ? Je veux tout savoir, le prénom de son petit frère, son plat préféré et si elle aime les animaux.

Moi qui détestais les dimanches soir parce qu'il faut se lever le lundi matin, je me mets à détester les week-ends parce qu'Alma n'est pas là, et quand je quitte la pièce j'ai envie qu'elle revienne. Je perds l'appétit comme au début de l'amour, je repense à Julia et à la peur, aux « mais que vont dire les autres », et tous ces souvenirs ont le goût du passé.

J'ai toujours peur mais en plus de la peur il y a la joie, celle de la vérité qui m'éclate au visage. Alma c'est le soleil et moi je suis la lune, et si Alma était un fruit elle serait une pêche. D'ailleurs, quand Dodie parle d'une fille elle dit qu'elle sent la citronnelle et le sommeil et qu'elle a le goût de la pêche :

Am I allowed to look at her like that
Could it be wrong when she's just so nice to look at
And she smells like lemongrass and sleep
She tastes like apple juice and peach

Je l'écoute tout le temps quand je cours et ça me fait enchaîner les tours de parc, 6 km pour un mercredi matin, c'est pas mal. Ce matin, je trouve du calme dans le chaos, je veux vivre une vie aussi suave que le goût de la pêche.

Minh, Hô Chi Minh-Ville, années 2020

Minh a cessé de vouloir réparer la vieille commode où trône l'autel des ancêtres qu'elle s'est échinée à bricoler pendant plusieurs années quand elle a reçu sa toute première lettre de Ngoc Linh, traduite en vietnamien par Rose. Minh regarde l'originale et constate que sa fille a une écriture curieuse, celle d'une enfant qui essaierait d'écrire *comme les grands* mais dont on devine l'impossibilité à écrire autrement qu'en pente avec une mauvaise gestion de l'espace ; d'ailleurs, quand Ngoc Linh se trompe, elle n'efface pas, elle rature en gribouillant par-dessus son erreur pour recommencer juste à côté.

Maman,

Hier, en rentrant d'une fête, j'ai vomi dans un taxi, et quand j'ai vomi, j'ai expulsé tout ce que j'avais en moi depuis des mois, ou plutôt, depuis des années. J'étais avec Alma, la fille avec qui je suis, parce que j'aime les filles et je crois qu'il faut que tu le saches. Elle a séché mon visage plein de larmes ; hier soir, je n'avais qu'un seul mot à la bouche à cause du vin : Nhu ; et Alma m'a dit ce matin qu'elle avait enfin vu à quel point j'étais toute cassée.

En ce moment j'écris un livre, on me demande souvent de quoi ça parle et à chaque fois je dis « de moi », mais en fait c'est bien plus grand que moi, ça parle aussi d'amour, de toi, de papa, de mon autre maman et de mon autre papa, de Nhu, des morceaux et des miettes. J'adore écrire ce livre mais je déteste l'idée d'avoir à le faire, parce que ça revient à dire que toi et moi avons été séparées. C'est là que tout a commencé : tu ne m'as pas abandonnée, nous avons été séparées par la violence, et la différence est de taille. Il m'aura fallu vingt-cinq ans pour le comprendre. Je ne sais pas si quelqu'un te l'a déjà dit, alors moi je te le dis.

Quand je vous ai rencontrés, toi, Kim, Nhu et toute la famille, j'ai cru que j'étais prête, mais c'était faux. J'étais dévorée par l'envie brûlante de « savoir qui je suis », et vous voir ne m'a donné ni réponse, ni certitude, ni lumière supplémentaire, bien au contraire : au lieu de ça, j'ai dû supporter l'insupportable absence de mon petit frère, la culpabilité d'un trop-plein d'amour et d'indifférence à votre égard dont je n'ai jamais su quoi faire.

Ça fait vingt-cinq ans que je me traîne le fardeau de la réparation, celui qui me force à rassembler toutes les miettes qu'on m'a laissées pour en faire une histoire bancale, comme la commode où tu honores nos ancêtres – je m'en souviens, tu me l'as montrée lors de notre première rencontre, ça et le tiroir à lettres – et je me dis qu'il est peut-être temps qu'on l'accepte, cet équilibre approximatif. Je ne pense pas que je te connaîtrai un jour, parce qu'il est impossible de « rattraper le temps perdu », je ne comprendrai pas ce que tu as traversé, tu ne sauras jamais vraiment qui je suis, et Nhu non plus : mais est-ce que c'est ça qui compte ? Est-ce que ça veut dire qu'on n'a pas le droit de se pardonner à soi ?

Tu te rappelles, la dernière fois qu'on s'est vues, quand je t'ai dit que je travaillais mon mémoire sur les violences conjugales, j'ai vu que quelque chose s'envolait de toi. Comme si ce jour-là, j'étais sortie de mon corps et que j'avais observé la honte qui te rongeait quitter ton enveloppe corporelle, une bonne fois pour toutes. Hier soir, quand je vomissais et que je pleurais sans pouvoir m'arrêter, je recrachais ma honte à moi, celle qui logeait en moi comme un parasite : je lui disais de partir, de me laisser tranquille, que je n'avais plus besoin d'elle pour exister.

J'ai besoin de t'écrire tout ça, parce qu'à chaque fois qu'on s'est vues j'ai dû me cacher derrière une interprète. Là aussi, Rose a tout traduit, mais au moins quand je t'ai écrit, c'était juste moi, toi et ma feuille. C'est la plus sincère que j'aie été avec toi depuis que l'on se « connaît ».

On ne peut rien se promettre parce que ce serait mentir, mais j'ai envie qu'on arrête d'essayer de se réparer pour enfin accepter la laideur et les imperfections de notre histoire, celle qui nous a menées là où nous sommes aujourd'hui : je veux voir nos monstres renaître afin de donner naissance à d'autres histoires bancales. La honte, si elle crée des souvenirs limpides, n'a plus sa place en nous.

Je te dis à bientôt,

Ngoc Linh.

D'abord, Minh range la lettre dans le tiroir qui s'ouvre mal avec toutes les autres qu'elle n'a jamais envoyées à Ngoc Linh. Elle se dit que ce n'est pas grave que la commode au vernis craquelé et abîmé par le temps reste comme ça, car elle porte le poids des souvenirs, mais Minh décide soudainement de jeter toutes les lettres non affranchies restées dans le petit compartiment. Elle a besoin de place pour y glisser leur correspondance des années futures.

Linh, Paris, années 2020,
et le début d'un printemps sans fin

Je manque de place dans ma tête. Il y a tant de choses qui s'entrechoquent en moi que je suis comme la vieille cocotte-minute de ma mère qu'elle remplissait à ras bord pour faire sa soupe de légumes, ça me fascinait le sifflement qu'elle faisait. On aurait dit qu'elle allait imploser. La métaphore est foireuse, mais c'est à ça que je pense quand je scrolle sur OkCupid, une appli de rencontre réputée pour être moins hétéro, tout en attendant un message vocal d'Alma et en tapant dans ma barre de recherche de téléphone : « Suis-je lesbienne ? »

Je lis des articles qui parlent d'ongles courts, de jeux de regards, et de plein d'autres choses que je comprends sans vraiment comprendre, comme la « voix de lesbienne ». « Moi c'est certain que j'ai pas une voix de lesbienne », et ça me désespère. J'exulte quand je trouve le micro-signe qui ferait de moi une lesbienne refoulée ; cette excitation retombe quand je ne me reconnais pas dans d'autres prétendus indicateurs du lesbianisme. Je n'ai jamais été un *garçon manqué*, j'aime bien me maquiller de temps en temps. Peut-être que c'est pas grave, que j'étais juste hétéro et que je suis en train de changer. Sur l'application de rencontre, réputée pour être plus queer que les autres, j'ai quand même mis « lesbienne » dans mon profil et je trouve ça fou d'avoir fait ça. *Lesbienne.*

Je pensais disposer d'un socle de certitudes très solides, dont Martin faisait partie, mais quand j'ai rencontré Alma, ce socle a volé en éclats. « Je suis vraiment dans la merde », ai-je dit à mes amies la veille de mes 25 ans et l'arrivée de Martin à Paris pour quelques jours. Je ne me souviens pas exactement de la façon dont Alma s'est fait une place dans ma vie, mais je sais que depuis qu'on se connaît, je ne suis plus sûre de rien.

Je ne sais plus flirter, j'ai peur d'être lourde avec les filles que je matche sur OkCupid. Je les trouve toutes belles et ça me paralyse, et il suffit que l'on m'envoie un message pour que je fasse marche arrière et l'ignore pour ne jamais répondre. Je me dis que je dois pas vraiment être lesbienne, puis je réalise que c'est surtout que je n'ai plus de place pour quelqu'un d'autre qu'Alma. D'elle, je veux tout voir et tout savoir.

Elle me captive, elle me passionne, mais je ne sais pas si elle pourrait m'aimer. « J'aime pas parler d'amour », elle me dit un jour. Je pense qu'elle ment pour éviter quelque chose, ça me rend folle de ne pas savoir ce qu'Alma a dans son cœur. Depuis une semaine, on passe toutes nos soirées à s'envoyer des messages vocaux jusqu'à 2 heures du matin, et quand il est temps de se souhaiter bonne nuit je suis triste parce que j'ai encore des choses à lui dire. J'ai des « je t'aime » au bord des lèvres qui menacent de s'envoler à tout instant, et le tirage au tarot que j'ai fait l'autre fois disait qu'Alma ne serait peut-être pas mon grand amour mais le déclencheur de quelque chose d'encore plus grand.

Cette chose plus grande, j'en parle avec Lili du collectif, elle est cambodgienne. Ça fait quelques mois qu'on se connaît mais je pense que nous nous sommes connues dans une vie plus ancienne, une époque lointaine où nous étions probablement sœurs. Je m'imagine boire du thé avec elle sous un porche recouvert de lierre à 60 ans. La première fois que nous nous sommes rencontrées, j'ai dit à Été : « Lili, elle a trop une voix de lesbienne, c'est sûr qu'elle est lesbienne », et j'avais raison. Un dimanche radieux, nous nous sommes assises sur un banc du parc de Choisy pour manger notre *banh mi*, « c'est bon, mais ça pique trop », dit Lili les larmes aux yeux. Je parle, parle, parle tandis que mon sandwich ramollit, je parle de OkCupid et je répète que c'est *pas possible*. « Je peux pas être lesbienne, c'est pas possible. Je connais rien, à tel point que je tape *Suis-je lesbienne ?* sur Internet, tellement j'y connais rien. » J'évoque aussi toutes ces références que je n'ai pas, *The L-Word* que je n'ai jamais regardé, mes cheveux longs d'hétéro. En le disant, je me rends compte que c'est con même si chercher des signes du passé rassure, et que je devrais faire confiance à l'adulte que je suis plus qu'à l'ado que j'étais. Lili me répond : « Tu vas apprendre, t'es pas toute seule, ce qui compte c'est que tu le sois maintenant. Le monde a besoin de nous. » Maintenant, Lili mène une vie douce, dépourvue de mensonges. Je veux être comme elle, et comme toutes les lesbiennes qui m'entourent, parce qu'à mes yeux elles sont le miel de ce monde.

À l'aube de mes 25 ans, je sanglote en réalisant l'étendue de ce que je suis sur le point de faire, à savoir sauter, sans certitude d'atterrir de façon indolore ou qu'Alma sera en bas pour m'attendre. Je dis que j'ai peur, que c'est trop dur d'imaginer une vie sans Martin et l'idée de lui faire mal me dévaste mais c'est trop tard, ou plutôt ce n'est que le début. Tant pis pour la chute, je saute pour devenir lesbienne. Mes deux amies me caressent la tête, elles me disent *bienvenue, plus on est de gouines plus on rit.*

***

C'est bizarre de faire l'amour avec quelqu'un qu'on va bientôt quitter. Je suis allongée aux côtés de Martin dont je caresse les petits cheveux doux de la nuque, ceux que je caressais déjà en 2017 à Shanghai. Ça fait une semaine qu'il est à Paris, et mon corps s'est complètement verrouillé jusqu'à ce soir. Il a fini par s'ouvrir, et dans le fond je sais très bien pourquoi : « *Closure* », dit Martin. Nous l'avons fait d'une façon étrange, c'était tendre et c'était beau, et chaque geste était d'une précision redoutable comme pour mieux imprimer les souvenirs dans notre mémoire.

Cette semaine avec lui fut placée sous le signe de l'étrangeté, entrecoupée de rires, d'activités futiles et du rappel brutal, tombant comme un couperet, qu'il faudrait bientôt se séparer. Un soir où nous regardons un film ensemble et que nous rions tous les deux, on se met à pleurer parce que l'on se souvient soudain que ce que nous avons là, cette intimité si particulière construite pendant presque quatre ans, va prendre fin.

Martin a balayé mes doutes d'un revers de la main quand je lui ai dit tout de suite après son arrivée : « Je crois que je suis lesbienne. » J'ai ajouté que j'étais pas sûre comme pour me rassurer, en disant que j'avais rencontré Alma mais que c'était pas le plus important dans le fond, que peut-être on pouvait essayer de voir d'autres gens pendant un moment. Martin a dit que je connaissais déjà la réponse et que je devais me vivre. Il a accueilli tout ça sans rien dire, parce que ma voix n'a pas tremblé quand j'ai dit le mot qui me faisait si peur : en le disant, je choisis de quitter le confort de la norme, et je fais un pas de plus vers la transgression. Cette fois je n'ai plus peur de ce que vont dire les autres, parce que cette norme me fait suffoquer et qu'elle n'est plus suffisante pour me retenir. J'ai quand même très peur, parce que je sais à quoi je renonce et ce que je risque.

Cette semaine-là, on se souvient de tout avec Martin, nous suspendons tous nos souvenirs pour ne jamais les oublier. C'est une semaine de deuil, celui où l'on doit empaqueter tous nos projets, rassembler les échos de nos voyages ensemble, et la force du passé envahit tout notre présent. On se fait la promesse de s'aimer pour la vie, je sais que c'est vrai, que l'on s'aimera pour toujours, mais quand Martin prend son train de retour à la gare de l'Est pour rentrer en Allemagne, que je dis : « Il est parti », à Alma, je sais que je viens de faire mes adieux définitifs à l'hétérosexualité.

***

C'est le printemps et j'ai envie de hurler quand l'aiguille, ou plutôt le « magnum » comme a dit la tatoueuse puisqu'il s'agit d'encres de couleur, transperce la peau de ma hanche droite. J'écoute l'artiste me raconter des énigmes auxquelles je ne trouve jamais la réponse – j'ai toujours été nulle pour ça et je n'ai pas la patience de chercher la solution – afin de me distraire et éloigner la douleur. C'est jouissif aussi, cette souffrance, ça me rappelle celle de mon tout premier tatouage à Shanghai : dans les deux cas, l'aiguille vient marquer le début et la fin de quelque chose. Elle dessine pendant presque deux heures de torture un poisson aux yeux apaisés, comme a dit Lili, qui semble nager sur sa peau dans un océan de quiétude. Il a des couleurs criardes, ce petit poisson, celles du plus beau drapeau de la communauté que j'ai brandi à la Dyke March, et je suis contente de le voir trouver sa place parmi les autres tatouages qui parcourent désormais mon corps.

Avant ce jour, j'ai regardé mes cheveux noirs tomber sur le carrelage du salon de coiffure à la musique ringarde des années 2000, un peu comme dans les friperies Guerrisol de Paris. J'ai demandé à Lili *si je devrais me faire percer le septum* alors que je savais très bien que je le ferais dans tous les cas, et je l'ai fait, et j'accompagnerai Lili faire la même chose quelques mois plus tard ; j'ai acheté un sac qui dit que j'offre des fleurs aux filles, j'ai coupé mes ongles, fait tourner ma nouvelle bague de pouce jusqu'à la maltraiter.

J'ai eu besoin d'un tas de symboles pour conjurer la peur de me tromper, et ceux-là n'ont fait que renforcer ma soif de m'étendre, encore et toujours. « Qui peut me stopper ? » je demande à Alma, « rien », me répond-elle, et c'est vrai que je ne vois pas ce qui pourrait m'arrêter dans ma course : je veux prendre toute la place que je veux occuper, le faire avec tout mon corps et crier GOUINE jusqu'à m'entailler les poumons.

Linh, Étretat, années 2020

Alma et moi crions et courons si fort qu'on s'essouffle. C'est la première fois en plusieurs mois de relation que nous sommes toutes les deux dans un endroit exclusivement entouré de nature, alors quand Alma voit toutes ces falaises qui découpent l'horizon et les champs normands s'étendre à perte de vue, elle me dit que c'est l'occasion ou jamais de crier qu'on s'aime. « À Paris, on peut pas crier super fort qu'on s'aime », alors on hurle qu'on s'aime parce qu'il n'y a personne autour et que ça résonne au loin.

Ça me fait du bien de pouvoir le crier, parce que je manque souvent de puissance vocale pour exprimer à quel point je l'aime, Alma. Elle dit toujours qu'il n'y a pas assez de mots pour me le dire et que ce manque de variété linguistique la frustre, « Je t'aime, je suis amoureuse de toi, c'est pas assez fort ».

J'ai découvert un monde nouveau avec Alma, pas celui des symboles, mais celui de la matérialité du mot lesbienne. Je réalise ce que ça fait, d'être captivée par quelqu'un, et de ne jamais se lasser de cette personne ; je dis tout le temps à Alma que je veux tout savoir d'elle parce qu'elle rend tout intéressant.

« Elles sont parfaites, ces vacances », chuchote Alma le soir avant de s'endormir, tandis que les mouettes d'Étretat s'époumonent comme nous plus tôt dans les champs. Souvent quand on dort ensemble, on se couche très tard, trop tard, soit parce que l'on parle jusqu'à épuisement, soit parce qu'on fait l'amour et que c'est long, soit parce qu'on ne veut pas être forcées à se plonger dans le silence de l'autre juste parce que c'est la nuit. Ce soir, Alma dit qu'elle ne veut pas dormir, *parce que si je dors ça veut dire que je ne peux plus te parler, et ne plus te parler c'est nul.*

Je sais que mes premiers pas de lesbienne ont été fracassants – je pensais ne rien comprendre aux trucs de gouine, finalement j'ai presque du mal à me rappeler ce que ça fait, être hétéro –, mais ceux avec Alma ont été balbutiants, imparfaits, parce qu'aucune n'était préparée à se prendre cette grosse vague d'amour en pleine tête. Il a fallu tout apprendre, même si tout semblait inné de prime abord comme notre premier baiser près de la fenêtre de mon appartement, mais on n'apprend jamais aux gens à ne plus être hétéros. Ensemble, on a établi un partenariat, où il a fallu se mettre au parfum de l'autre, découvrir comment se parler, et surtout travailler. J'ose regarder ce qui me fait mal dans les yeux et ça me fait du bien, même si de la vérité est née la peur, celle nichée au creux de mon ventre avant de prendre sa main dans la rue.

Avant avec les hommes, je stoppais net dans toutes mes tentatives d'élan exponentiel. Tout ce qui me rapprochait de près ou de loin à un futur avec l'un d'eux était terrifiant, il fallait alors rejeter cette idée du futur afin que je ne puisse pas me réaliser, et ce rejet passait toujours par la séparation. Quand j'étais hétéro, je ne faisais que *m'empêcher de.* Maintenant, je m'autorise absolument tout : être fleur bleue, rêver très grand, dire à Alma que je l'aimerai pour toujours. Je pense même à adopter des chiens et à avoir une maison dans la nature avec elle, je sais que c'est cliché et je m'en fous.

Françoise, au bord de la mer, années 2020

Noah a les mains remplies de fleurs roses qu'on appelle griffes de sorcière, et qui tapissent le littoral du Sud. Il les ouvre devant Linh et dit : « Pour toi, tata Linh », celle-ci les accepte, le remercie en précisant qu'il faut éviter d'arracher les fleurs du bord de mer. Son neveu l'écoute à peine, il repart devant en courant pour rejoindre Lila et Christophe qui marchent bien plus loin sur la plage.

Françoise et Linh sont à la traîne et si les trois autres protagonistes de la scène se retournaient un instant, ils verraient que leur promenade à toutes les deux ressemble à une trêve. Quelques jours plus tôt, dans la voiture de la gare Montpellier Saint-Roch à la maison du Sud, Linh a lâché : « Il faut que je vous dise un truc, à toi et papa. » Françoise a tout de suite su, elle ne sait pas pourquoi, mais elle sait que ce qui va suivre est la suite logique des choses, et elle voit que Linh n'arrive pas à le dire et que ses yeux crient : « Dis-le à ma place », alors Françoise le fait : « Tu préfères les filles ? »

Plus tard à table, elle est presque outrée quand Linh leur demande, à elle et Christophe, s'ils l'aiment encore. Elle a envie de lui dire qu'elle l'aime encore plus, parce que quelque chose a changé dans son regard et dans sa posture, empreinte d'une quiétude déterminée, mais elle sait pourquoi Linh leur pose la question. Ils ont failli à la protéger à plusieurs reprises, et elle émet des doutes légitimes que Françoise tient toutefois à balayer d'un revers de la main, aujourd'hui sur la plage de Sète. Elle veut construire un nouveau pont entre elles, puisque l'ancien s'est brisé à cause de son ignorance ; elle souhaite ériger un passage à l'équilibre fragile, comme dans les films d'aventure, sur lequel les personnages courent pour fuir un danger à leurs risques et périls.

« Et ton attirance pour les filles... Elle est liée à quoi ? À une rencontre, à ton féminisme, à des lectures ? » Linh la regarde, interloquée, ça se voit qu'elle est choquée que sa mère formule la question de cette façon. Elle répond que c'est les trois, et Linh se met à parler, parler, parler, et tout ce flot de paroles est comme une bénédiction pour Françoise qui voudrait que sa fille ne s'arrête jamais de parler, même si elle ne comprend pas tout ce qu'elle dit. Elle n'est pas sûre de comprendre ce qu'est *l'hétéro-patriarcat*, mais elle a envie que Linh continue de lui parler. Françoise sent néanmoins que ça lui fait bizarre quand elle dit le mot *lesbienne*. Elle préfère ne pas le prononcer et dire *homo*, ou qu'elle aime les filles, même si Linh insiste : c'est LESBIENNE et rien d'autre. Françoise va devoir s'y faire. L'attirance de sa fille pour les filles, ça réveille en elle des souvenirs tendres, ceux des pseudo-bagarres avec ses copines quand elle avait 15 ans, qui finissaient par des étreintes et des baisers avec un peu d'alcool dans le sang. « En réalité, dit-elle, je comprends que tu deviennes lesbienne, avec tout ce qu'on voit à la télé. Les hommes sont tellement violents. Je me dis qu'on est mieux entre femmes. » Linh rit, elle lui dit : « Mais t'es comme moi, en fait ! », et lui demande : « Mais toi, t'as jamais été attirée par les filles ? » Françoise répond que si, mais qu'à son époque c'était pas vraiment possible.

Elle croit qu'elle ne regrette pas, mais certains mots de sa fille l'atteignent quand celle-ci déverse sa colère sur Christophe. Linh ne mâche pas ses mots, elle dit qu'il devient un vieux con, mais un vieux con qu'elle aime. Elle chronomètre le temps en plus que Françoise passe dans la cuisine et lui dit : « Je sais pas comment tu fais pour supporter ça. » Françoise ne sait pas non plus, elle croit simplement qu'il est trop tard, alors elle demande à Linh d'arrêter quand elle la met devant les dysfonctionnements de leur famille.

— C'est plus complexe que ça, tu sais comme il a du mal à trouver sa place parmi nous, il fait de son mieux.

— Pourquoi tu le défends toujours ? enrage sa fille.

Françoise ne le défend pas, mais elle a rendu les armes devant sa condition : elle ne sait pas si c'est une bonne ou une mauvaise chose, mais elle se dit que c'est comme ça, et qu'elle veut tout placer dans le futur de Linh qui promet d'être hors-norme.

Au bord de l'eau, Linh lui parle de Paris, d'Alma, d'Été, de Lili, de Quôc Anh et des autres qu'elle appelle *les siens*, et ajoute qu'elle est en train d'écrire un livre. Françoise ne sait pas si elle lui donnera l'autorisation de le lire quand il sera écrit, mais le savoir est un pas de plus vers la consolidation de ce pont qui vient d'apparaître entre leurs deux rivages.

Minh, baie de Halong, années 2020

Minh regarde le rivage de la plage qui fait face au petit bateau de touristes sur lequel elle se trouve. Il y a des filles blanches qui sont allongées sur le sable et qui prennent le soleil ; elle ne comprend pas cette manie occidentale de vouloir avoir la peau plus sombre. Le soleil domine la baie aujourd'hui, et Minh doit avouer qu'elle est un peu déçue du beau temps. On lui a toujours parlé de cet endroit comme un lieu majestueux quand les roches immenses sont entourées d'une chape de brouillard, facilitant l'errance des fantômes.

C'est la première fois que Minh part toute seule aussi loin, même si c'est pour peu de temps ; la dernière fois qu'elle s'est offert un voyage, c'était avec Lan. Elle a hésité à emmener Anh Dào avec elle, mais elle s'est dit que c'était bien, d'être toute seule. Minh a pris de vrais congés annuels, les seuls qu'elle s'octroie depuis des années, et a fermé son restaurant qui marche si bien que les gens font la queue devant la devanture. Ils sont attirés par le concept, et s'ils ont certes l'impression de faire une bonne action, elle sait que c'est aussi parce que la nourriture y est délicieuse.

Dans le Nord, elle a fait tout ce que les touristes font, et elle découvre avec plaisir ce que ça fait, de ne rien reconnaître parmi ce qui se présente à elle. Minh adore l'inconnu. Elle voudrait que tout ce qu'elle voit, ce qu'elle sent, ce qu'elle mange, s'efface afin de redevenir quelque chose qu'elle ignore pour le redécouvrir encore. Elle ne veut vivre que des premières fois.

Ce matin à l'aube, Minh s'est rendue dans une agence de tourisme à Hanoï pour prendre le bus jusqu'à la baie de Halong. Elle ne s'allonge pas sur le sable comme tous les autres gens de son groupe, et reste assise sur le petit banc du bateau à regarder les îlots qui l'entourent. Minh souhaite graver ces images dans sa mémoire pour tout raconter à Nhu et son petit-fils quand elle rentrera. Elle imagine qu'ils leur demanderont comment c'était, elle leur dira que c'était beau mais pas comme ils l'imaginaient, qu'on ne devine pas le dos des tortues parmi les roches et qu'on n'entend pas le dragon gronder sans colère dans la baie, et que c'est seulement la paix qui y résonne.

Linh, au milieu des siens, années 2020

C'est la marche des Fiertés et à Paris gronde une foule colorée. Autour de moi marchent des amis qui ne parlent plus à leurs parents, d'autres qui veulent des enfants mais qui ne peuvent pas parce que l'État le leur interdit. Certains ont enterré des potes, parce que le sida, la violence, la précarité qui tuent et qui font que les gens veulent quitter ce monde. Nous avons tous renoncé à quelque chose, d'une façon ou d'une autre ; nous sommes là car nous sommes non conformes, et le reste du monde nous sanctionne pour cette raison. La déviance, quelle qu'elle soit, a toujours un coût.

Je trouve ça fou d'être là malgré tout, dehors avec les miens, pour dire ma fierté et notre colère alors que je sais que dans le fond personne n'entend vraiment. Je ne sais pas si c'est l'énergie du désespoir, ou si toute cette foule vient juste crier son amour pour *nous*.

Nous, c'est un mélange de visages bigarrés, de corps tapageurs qui laissent entrevoir des cicatrices et des membres marqués par la révolte. Tout le reste du monde nous trouve bizarres, mais nous descendons dans la rue en nous tenant les mains pour être vus, pour déranger, pour riposter.

Je tiens la main d'Alma, je regarde autour de moi et je vois Été, Lili, Anita, Julia et tous les autres, tous ceux dont on a dit qu'ils étaient différents, difformes, obscènes, effrayants, indésirables ; je les vois avancer dans le cortège en riant et je me dis que j'ai pour famille des monstres magnifiques.

Prélude

Quand Linh pense au corps de Françoise qui brûle, elle se demande concrètement à quoi ressemble sa mère lors de la phase qui se situe pile entre le début de la crémation et la toute fin, celle où il ne reste plus que des cendres que l'on pourrait confondre avec de la poussière ennuyeuse à mourir. Elle s'imagine à tort qu'un magma incandescent remplit soudain le cercueil, le faisant gonfler sous la chaleur, mais qu'il ne sortirait jamais de sa boîte comme le ferait le magma se transformant en lave afin de jaillir d'un volcan. Ici, il ne ferait que s'éteindre pour laisser la place à la banalité effarante d'une matière réduite en cendres. Linh ne sait pas exactement pourquoi c'est l'image d'une roche en fusion qui lui vient en tête lors de la crémation. Elle sait néanmoins que le magma résulte directement de l'évacuation de la chaleur terrestre, et que celle-ci est la cause première de toutes les manifestations d'activité de la Terre. Linh repense aux fleurs violettes du désert d'Atacama : elle se plaît à croire que de cet anéantissement, celui de sa mère dont le corps est en train de disparaître physiquement, adviendra un monde nouveau.

***

Après la crémation, Linh ouvre une à une toutes les lettres trouvées dans la petite boîte en bois verni et les dispose sur son parquet parisien. Elle les lit d'une traite, les repose et les relit jusqu'au petit matin, jusqu'à ce qu'elle voie le soleil par sa fenêtre qui n'est déjà plus tout à fait le même que celui qu'elle a vu il y a quelques jours. Quand elle lit ou écrit, Linh a en général besoin de musique, *sans paroles*, dit-elle toujours, pour ne pas se faire emporter par la voix de celui ou celle qui chante. Cette nuit, elle a laissé le silence envahir la pièce pour avoir plus d'espace dans sa tête, elle a l'impression que n'importe quel son, bruit ou odeur serait une source de distraction dans la lecture minutieuse de ces dizaines de lettres éparpillées sur le sol.

Chacun des mots de Minh est une sorte d'appel à l'aide, celui qui supplie Françoise de lui donner des nouvelles de sa fille, mais Linh y lit également une forme de dignité. Elle n'arrête pas de penser à la détresse qui devait l'envahir à chaque fois que toutes ses lettres demeuraient sans réponse. Si on pourrait croire que chaque tentative de Minh est une preuve de désespoir, Linh préfère y voir de la ténacité et un courage sans fin.

Elle pensait que la colère, liée au secret de ces lettres, viendrait brutalement la coloniser après la crémation de Françoise, comme si la disparition de son corps physique permettrait à cette émotion de refaire surface. Seulement, depuis que son corps n'est plus que cendres, Linh n'arrive pas à être en colère. Elle est épuisée, comme vidée de sa substance, mais la colère n'est plus au programme depuis longtemps, d'abord parce qu'en acceptant toutes les imperfections de son histoire elle a guéri, et qu'en guérissant elle a laissé toute sa place au pardon. Ces dernières années, Linh a aussi pu lire *ses* lettres, toutes celles qu'elle a pu recevoir de Minh et qui sont maintenant rangées dans sa table basse avec celles cachées par Françoise. Ses tiroirs n'ont jamais cessé de se remplir.

Ce matin, Linh a envie de dormir.

***

En se réveillant, Linh pose une pivoine sur cette table qui lui sert d'autel. En faisant cela, elle n'honore pas que sa mère disparue. Elle rend hommage à toutes les personnes qu'elle a été et celles qu'elle sera ; elle se dit que ça fait beaucoup et qu'une seule vie est trop courte pour abriter tous ces gens-là.

Il y a une vingtaine d'années, pour le premier Nouvel An lunaire qu'elle fêtait avec une pleine conscience d'elle-même en tant que Vietnamienne et entourée des siens, Kianuë a montré aux invités comment rendre hommage à leurs ancêtres. Tous ont aidé à improviser un autel sur la table à manger du salon, sur lequel trônaient des petits bols remplis à ras bord de soupe de crabe aux asperges et d'un peu de riz blanc. Dans un plus grand bol, ils ont rassemblé de l'argent factice qu'ils ont regardé se consumer.

Aujourd'hui, la pivoine qu'elle vient de poser sur son autel à elle prend place au milieu des symboles, parce que Linh aime ça, les symboles. Sur des piles de livres qu'elle a écrits et que Françoise a tous lus sans qu'elle ne lui en parle jamais, elle a disposé le petit Bouddha de jade, l'ours en peluche de Nhu, sa première bague de pouce. Tous ces objets ne sont pas des idoles, mais de tendres allusions à tout ce qu'elle a dû assembler pour former un palimpseste quasi illisible, dont elle seule connaîtrait le sens véritable.

Le silence tacite autour de son travail d'écriture, que Linh a cultivé jusqu'à la fin avec Françoise, lui a permis de conserver l'illusion du secret que serait son brouillon de vie. Pourtant, elle savait que sa mère achetait et lisait religieusement ses livres : lors d'un séjour dans le Sud, elle a trouvé tous ses écrits rangés par ordre de publication dans l'étagère du couloir de l'étage. Savoir que Françoise lisait ce qu'elle racontait aux autres la rendait rêveuse, mais pas gênée. Ce choix laissait certains de ses amis perplexes ; elle n'avait pas grand-chose à leur répondre, à part qu'entretenir cette forme de discrétion choisie lui procurait le sentiment que tout ça – son histoire imparfaite, ces couches de vie superposées maladroitement – serait toujours à elle seule, comme si taire verbalement le contenu de son travail auprès de sa mère empêcherait celle-ci de tout posséder, tout voir, tout savoir. En faisant cela, Linh s'assurait de rester la seule narratrice de sa vie, et elle n'a pas d'amertume dans la bouche quand elle pense à ce silence volontaire et consenti. Elle se dit que c'est seulement quand celui-ci devient totalitaire qu'il convient de l'abolir.

***

Il y a une vingtaine d'années, au Nouvel An, chaque personne s'est approchée une à une de l'autel de fortune pour honorer les siens. C'était la première fois que Linh rendait hommage à ses ancêtres, elle se sentait gauche et un peu stupide car elle ne savait pas exactement à qui elle devait s'adresser, et Kianuë l'a vu : « T'es pas obligée de leur parler. Tu peux honorer ceux qui sont partis, ceux qui sont restés, tu peux aussi t'honorer toi. » Quand Linh a fermé les yeux et qu'elle a joint ses deux mains portant un bâtonnet d'encens vers son cœur, elle s'est parlé à elle, et le secret de ce qu'elle s'est dit s'est envolé dans les volutes de fumée.

À tous mes « joueurs de Tetris[1] ».

1. George Ka, *Saïgon.*

Remerciements

À Anna, pour l'amour. Chaque jour à tes côtés est un émerveillement ; pour la première fois de ma vie j'ai hâte de vieillir car tu en fais désormais partie.

À Été, mon amie pour la vie. Tu m'as montré ce qu'était le *care* en mots et en actes, et je t'en suis infiniment reconnaissante.

À toutes les lesbiennes qui m'entourent, celles qui le sont depuis toujours, celles qui le sont devenues comme moi, et qui sont le miel de ce monde quoi qu'il arrive.

À Pela, mon deuxième cerveau qui me rend chaque jour un peu plus intelligente et avec qui je compte créer de grandes choses. Avec toi, la temporalité vaporeuse de l'amitié lesbienne prend tout son sens, ça ne fait même pas un an et pourtant cette année équivaut à des décennies.

Au collectif PAAF, pour la tentative magnifique de faire communauté.

À toutes les personnes adoptées transraciales que je connais, de près ou de loin, qui recollent les morceaux, écrivent leur partition, font avec les miettes dont elles disposent pour créer la meilleure version d'elles-mêmes.

À toutes les personnes qui m'aiment depuis si longtemps et qui m'ont relue, me lisent ou me liront bientôt : merci Hugo, Max, Charlotte, Oph.

À Léa Delord, mon agente de choc, qui m'accompagne depuis mes récents débuts d'autrice. Merci pour ta patience, ta douceur et ta compréhension de ce que j'essaie de raconter aux gens.

À Sarah Rigaud et Ambre Tahon-Franquesa, merci pour vos retours précis, riches et stimulants. Je suis honorée de travailler avec vous sur ce projet et votre confiance veut dire beaucoup pour moi.

À Hina, qui met en images ce que j'écris depuis mes débuts d'autrice avec beaucoup de talent.

À tous les hommes blancs médiocres qui m'ont fait du mal, de près ou de loin. Parce que vous avez créé l'antagonisme dans ma vie, vous m'avez considérablement inspirée pour être la meuf super que je tends à devenir.

À toutes les autres personnes que je ne peux pas citer une par une parce que ça serait trop long, mais votre présence dans ma vie est un cadeau inouï ! (Hello Annette, Amphi, Mathou, Palm, Tom...)

Dernières parutions

Domaine français

Catherine Bardon
La Fille de l'ogre

Frédéric Couderc
Hors d'atteinte

Laura El Makki
Combien de lunes

Dominique Fouchard
La Foire aux fiancés

Caroline Laurent
Ce que nous désirons le plus

Osvalde Lewat
Les Aquatiques

Marie-Diane Meissirel
Les Accords silencieux

Ivan Nabokov et Philippe Aronson
La Vie, les gens et autres effets secondaires

Grégory Nicolas
Mes sœurs, n'aimez pas les marins

Roland Perez
Ma mère, Dieu et Sylvie Vartan

Emmanuel Pierrat et Joseph Vebret
Ernestine ou la Justice

Julie Printzac
Guetter l'aurore

Akli Tadjer
D'audace et de liberté

Domaine étranger

Sarah Alderson
Week-end entre filles

M. J. Arlidge
Action ou Vérité

Jo Browning Wroe
Une terrible délicatesse

Meg Waite Clayton
Dernier train pour Londres

Jonathan Dee
Sugar Street

Hannah Gadsby
Nanette en dix étapes

Iona Grey
Les Heures étincelantes

Elin Hilderbrand
Un dernier été

Charlotte Mendelson
Accrochages

Lydia Millet
De l'espoir et autres créatures ailées

Daphne Palasi Andreades
Les Filles comme nous

Catherine Steadman
Emily a disparu

Emma Straub
Demain, même heure

J. Courtney Sullivan
Les Affinités sélectives

Rosa Ventrella
Les Enfants de Haretz

Rosie Walsh
L'Amour de ma vie

Pour en savoir plus sur l'actualité des Escales,
vous pouvez consulter notre site Internet
www.lesescales.fr
et nous suivre sur les réseaux sociaux

Editions Les Escales

@LesEscales

@LesEscales

Imprimé en France en décembre 2023
par l'Imprimerie Maury S.A.S. à Millau (12)

N° d'édition : E69776/02
Dépôt légal : août 2023
N° d'impression : L23/74518S